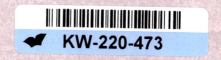

拒絶空港

NOWHERE TO GO

内田幹樹

Motoki UCHIDA

拒絶空港

目次

NOWHERE TO GO

登場人物表

【成田運航整備室】

竹村俊司（43）　主任
堀内辰則（38）　主査
矢野雄一（20）
斉藤和夫　　　　パリ整備応援
森川（36）　　　パリ整備責任者
藤倉次郎　　　　部長

【成田フライトサポート・ステーション】

小野田雅人　　　課長
山根省吾（51）　夜勤リーダー
前里有子（22）　アシスタント

【成田空港支店】

寒川良雄　　　　副支店長
瀬田智文　　　　旅客部副部長

【羽田運航統制本部】

柳沢英二（35）　課長　夜勤責任者
坂井　主席

【羽田運航本部安全推進室】
岡部雄二（59）

【本社広報部】
川口（35）　課長補佐

【ＮＩＡ　二〇六便】
朝霧誠（55）　第一指揮順位機長
山園敏之（46）　第二指揮順位機長
大林進　副操縦士
浅井夏子　チーフパーサー
今川由香　エコノミークラス・パーサー
太田鈴江　エコノミークラス　ＣＡ
佐々野昭子　エコノミークラス　ＣＡ
渡辺美佐代　ＣＡ
山崎リサ　ＣＡ
タテヤマ　コウジ　57Ｋ乗客
塚本太一郎（62）　57Ａ乗客
塚本咲恵（58）　57Ｂ乗客

BOEING747-400
ニッポンインター・タイプ座席配置表
R-1、L-5などは、CAの着座ポジションを示す。

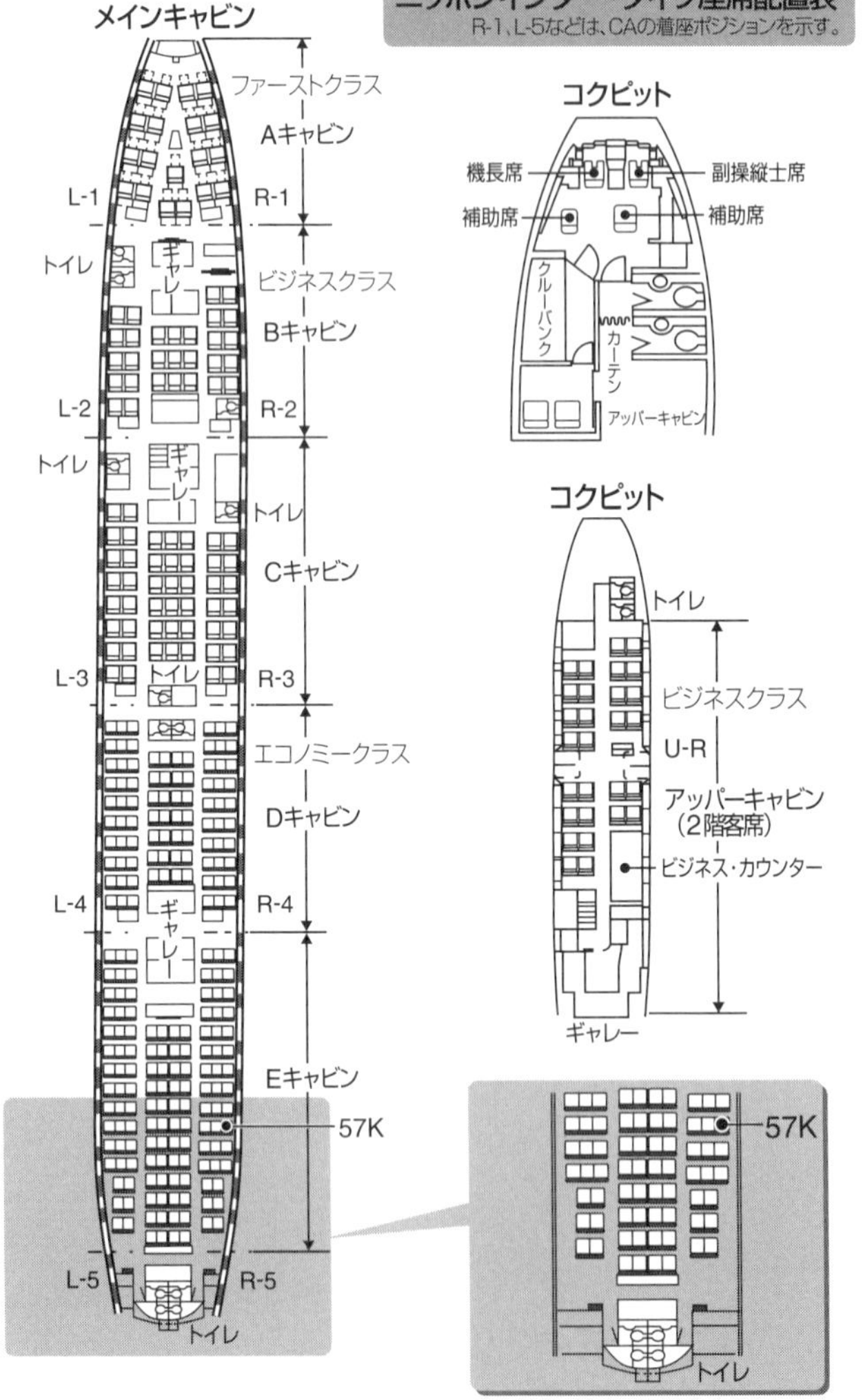

拒絶空港

■0335■成田運航整備室

「主任、竹村《たけむら》主任」

　浮遊した感覚が現実に戻された。成田オペレーションセンター一階の蒸し暑い仮眠室で、竹村俊司《しゅんじ》は眼をこすりながら身体を起こした。

「主任、電話が入っています。ちょっと来ていただけませんでしょうか」

　青いつなぎ姿の矢野雄一《やのゆういち》がこちらにかがみ込んでいる。周りを気にしてか、ささやくような声のわりには呼吸が乱れていた。

「走ってきたのか？」

「はい。急ぐように言われましたので。……パリからです」

　矢野は成田運航整備室に配属されて二年目の、班員の中では一番若い男だ。薄暗い灯りの中で、日焼けした顔がさらに黒く見える。竹村も、矢野くらいの年の頃は仮眠室でもぐっすり眠れたが、四〇歳を過ぎてから寝付けないことも多くなった。今日のように途中で起こされると、身体の芯が重く感じる。深呼吸で頭をはっきりさせ、両手で顔をこするようにして血行を促す。竹村は壁にかけてあった黒い二本線の入った作業帽をつかみ、蛍光灯が眩《まぶ》しい廊下へ足早に出た。窓に吹き付けられた細かい雨粒が、闇のなかで光を反射しながら震えている。午前三時三五分、腕時計の世界時間をパリに合わせる。

前日の一九時……、いや夏時間だから二〇時三五分か。

竹村は時間を日本に戻すと、眠気を振り払うように前を歩く矢野に声をかけた。

「二〇六《にいまるろく》か？」

「はい。詳しくはわかりませんが、そのようです」

「連絡はいつ入ったんだ？」

「一〇分ほど前です」

運航整備室のドアを開けると、当直の堀内辰則《ほりうちたつのり》が椅子から立ち上がった。

「主任、仮眠時間中にすみません。パリ駐在の森川《もりかわ》課長から三時二五分に電話が入りました。いまメールも届いたところです。ちょっと見ていただけますか」

手渡されたプリントを、当直デスクのスタンドの下に置いた。

206便は現地時間18時33分（16時33分協定世界時《UTC》）に当地を離陸した。その後、滑走路上にタイヤの破片らしきものが散乱しているとの連絡が管制塔に入った。206便の離陸後、当該滑走路（26R）から他社便3機が離陸していた。そのうちの2社が当社と同じメーカーのものを使用していることが判明。先ほどまで機体が特定できなかったが、ホイールの一部と思われる金属片が見つかり、そこに刻印されていた番号（○○81‐24○2、○は解読不能部分）から当社405NI機のものにほぼ間違いないものと断定された。こちらではこのタイヤが何番に装備されていたかが特定できないので、整備記録から判明できればご連絡願いたい。以上　パリ森川。

ボーイング747‐400《ダッシュよんひゃく》の主脚タイヤは一六本あり、左右の主翼と胴体左右の計四脚に、それぞれ四本のタイヤがついている。メールでは一六本のタイヤのどれが破裂《バースト》したか特定できないとしている。

堀内が整備記録と、パソコン画面上で胴体主脚《ボディーギア》の系統図を示しながら「そのホイールは先月の一八日に交換した五番タイヤのものです」と独り言のようにつぶやいた。五番タイヤは左ボディーギアについている四本のうち、左前のものだ。

「五番か。それをすぐにパリに連絡して、それから機《シップ》との通信はこちらで直接行うと伝えてくれ。その方があっちも楽だろう」

パリを経由するより、こちらから衛星通信で機と直接連絡する方が、状況に素早く対処できるはずだ。堀内はすぐに電話に向かった。竹村はデスクの上に開かれたままになっているメインテナンス・マニュアルを引き寄せ、ボディーギアの図面を覗き込んだ。

「タイヤのバーストだけなら機上でもわかるはずだ。それに関してシップから何か言ってきていないのか」

返事がない。堀内はまだ電話を耳に当てている。たぶん呼び出し中なのだろう。

「矢野君、シップから何かダウンリンクされていないか。ちょっと見てくれ」

機上で不具合が起きると、定期的なダウンリンク以外にも機のコンピューターは地上に情報を送ってくる。しかし情報を東京へ届けるには、パイロットが通信系統を衛星通信《SATCOM》に切り替えることが必要だ。離陸して二時間が経っているので、短距離通信用の超短波《VHF》からSATCOMに切り替えている可能性が高い。

矢野はコンピューターに向かうとキーボードをたたいた。

「来ています。……いや、間違えました」

「落ち着いてやれよ」

電話をかけている堀内に注意された矢野は、「すんません」と謝りながら、画面の文章を読んでいるようだった。ほどなく画面から顔を上げた。

「ええと、五番ホイールに関してなんすけど、――パリで空滑り防止装置《アンチスキッド》が故障、在庫部品がないために運用許容基準《MEL》適用――となってます。ですから五番ホイールのブレーキは、不作動のままになっているようです……」

MELとは、不具合箇所が何かの理由で修理できない場合、飛行の安全に差し支えない部分であれば代替手段を使って処理し、整備基地までそのまま運航できる基準だ。処置として当該ブレーキラインをブロックする。ブレーキによる車輪の空滑りを防ぐアンチスキッド装置の不具合から、離陸中に間違って五番ホイールにブレーキ圧がかかるのを防止するためだ。

「そうか。アンチスキッドがＭＥＬか、そうなると車輪が故障しても、操縦席《コクピット》ではすぐにわからない可能性があるな」

「え、なぜっすか？」

竹村の過去の経験では車輪がらみの故障の場合、真っ先に現れるのがアンチスキッド故障を示すメッセージが多いのだ。

「ほかに何か表示が出ていれば別だが、ＭＥＬ適用でブレーキが機能していないとなると……」

竹村は図面を目で追いながら矢野に答えた。

「まだパリにつながらないか」

堀内がこちらを向いて首を振る。

「呼び出してはいるんですが、席を外されているようなんです」

ボディーギアの車輪には機首の車輪《ノーズギア》とリンクした操舵機構《ステアリング》が備わっている。もしその機能に不具合が生じているとしたら、着陸後の直進に問題はないか。竹村は注意深く油圧系統と電気系統の図をなぞっていった。

「森川課長が電話に出られました。外線二番です」

早口で甲高い声が耳に飛び込んできた。パリの森川も、不具合が起きたのが五番タイヤと聞いて、ＭＥＬとの関係の可能性を指摘したが、マニュアルの手順通りにブレーキの油圧ラインをブロックしてあり、間違っても離陸中にブレーキがかかることはないと説明した。三六〇トンの機体が時速三〇〇キロで離陸滑走中に、もし一つの車輪にだけブレーキがかかるようなことがあったら、それこそ一瞬にしてそのタイヤは粉々になって吹っ飛ぶ。

「シップから何か連絡はありましたでしょうか？」

相手は整備本部の課長で、パリの整備責任者だ。面識もないので普段仲間と使っているような言葉も使えず、竹村はぎこちないしゃべり方になっている自分に気がついていた。

〈トラブルに関しての連絡はまだ入っていないな〉

やはり機上では、まだこのトラブルに気がついていないらしい。

〈何番タイヤかわからないうちは、こちらから連絡しても、シップからもそれを聞かれるのはわかっているからな。で、成田の意向を聞いてからシップに連絡をと思ったんだが……、今日の当直責任者はキミか？〉

早口なのは不機嫌だからではないか、と竹村は感じた。

「はい。課長が風邪で休まれています。リーダーは出張で、私が一応責任者となっています。それで、これはすぐにどうこうという問題ではなさそうですので、羽田の運航統制本部《FOX》とも相談して処理したいと思います。シップへの連絡ですが、ＳＡＴＣＯＭが通じてからあとはこちらで処理しますが、もしそれまでに引き返すとか、何か連絡が入ったら教えていただけますか？」

森川がぞんざいな返事をして電話を切ろうとしたので、竹村は慌てて付け加えた。

「落ちていた金属片の中に、ボディーギア・ステアリング関連の部品はありましたでしょうか？」

〈いまそれを調べているところだ。タイヤやホイールの金属片は、四〇〇〇メートル滑走路の四分の一以上にわたって散乱していたようだ。主だったものは拾えたが、滑走路を長時間閉鎖するわけにはいかないのでね、空港側がすでにスイーパーをかけて清掃してしまった。ともかく集められた破片は、小型トラックに積まれて整備事務所に届けられてきた。いま全員で手分けして調べているんだが、それらしきものが見つかったら、成田にも一報を入れるから〉

竹村は、この問題は急いで処理する必要はないと考えた。仮に緊急事態となっても、二〇六便が日本に着くのは今日の昼過ぎになる。処理方法や解決策を考えるのは、人手や連絡網が整う朝まで待った方がいい。地球の反対側にいる飛行機に緊急の連絡を取っても、混乱が起きるだけで解決にはつながらない。そう考えると気分が落ち着いた。とりあえず二〇六便の概要を知ろうと、羽田のＦＯＸに電話を入れた。話し中でつながらない。しばらくしてからもう一度かけることにした。

話し中だったＦＯＸにやっと電話がつながった。

「こちらは成田の運航整備です。二〇六便のトラブルについて把握されてますか？」

〈運航整備の……だれ？〉

あくびで言葉がとぎれる。

「失礼しました、竹村と申します。二〇六便についてお聞きしたいのですが」

〈ああ、そう。タイヤがパンクしたんでしょう？　さっきパリの森川君から連絡もらってね。成田整備は、夜勤の責任者に主任しかいないのかって文句言われたよ。主任というのは君か？〉

「はい。成田運航整備室、整備第三課Ａ班主任の竹村です」

〈大変だね、こんな時間に問題を持ち込まれて。森川君も困っているようだったな。彼はね、本部の次席か、成田の整備室長のポストが待っている人なんだよ。何もなければだがね。あと三ヶ月で栄転されるのにな。キミかい？　彼にシップとのことはこちらで処理するから、黙っていないみたいなこと言ったのは。ご不満だったご様子だよ。はは……〉

「私は何も……、すみません。そういう意味ではなかったのですが」

〈そう。僕もおかしいと思っていたんだがね。それから君は、パリでの整備作業《メンテ》のやり方を疑うようなことを言ったそうじゃないか。普通そういうときは、お互いに協力して助け合うんだがね〉

「それも誤解です。そんなこと言っていませんが」

〈口には気をつけないとね。君の上の上に来る人だよ。で、なにが、……言いたいんだい？〉

再びあくびで言葉がとぎれた。竹村はこういうやりとりは苦手だった。しかし相手はＦＯＸの人間なのだ。毎朝各空港支店で行われるモーニングレポートの結果は、ＦＯＸがまとめて本社役員室へ提出する。そこに成田の夜勤整備の手落ちなどと書かれたら、班員全体に影響が及ぶ。しかもいまは森川課長のことで電話を入れたのではない。

「二〇六便の乗客数と離陸重量、到着予定時刻、あと予想着陸重量を知りたいのですが」

〈いやいや、急に話題を変えなくてもいいよ。キミのためを思って言っているんだから、気分を害さないでほしいな。森川君には私の方からよく言って謝っておくから。森川君は大学院まで出てるんだよ。ともかくまじめな人だから。パンクぐらいで足を引っ張られたんじゃかわいそうだよ。わかっているよな〉

そこまで言われる覚えはないと思ったが、竹村は相手の言うことを聞くしかなかった。

〈離陸した滑走路は、何年か前に墜落したコンコルドが使ったのと同じだというじゃないか。また何か落ちていて、それを踏んでパンクしたとも考えられるだろう。それを森川君のミスだなんて、いくら何でもかわいそうだよ。問題がはっきりするまで、あちこちにふれ回らない方がいいと思うね。そうだ。これからは二〇六便への連絡は、ＦＯＸの許可を取ってからお願いする。勝手に交信しないように。いいね〉

電話が切られた。まだ二〇六便について何の情報ももらっていない。すぐにかけ直そうとして手が止まった。ＦＯＸの担当責任者は、森川課長とのことを誤解して、わざと情報を与えなかったのではないか。森川という名前は聞いたことはあっても、誰も顔を知るものはいなかった。少なくとも成田整備に顔を出したことはない。そんなことはどうでもよいことだが、このままだと後になって成田の整備当直は何もしていなかったと非難されることになる。

「堀内君。ＳＡＴＣＯＭが届くようになったら、シップにアップリンクして到着時刻と予想着陸重量と、できればボディーギアのデータをとってくれないか。それから機長の名前はすぐわかるかな？　矢野は旅客課まで行って、……いやこの時間だから電話でいい。搭乗旅客数を調べてくれないか」

堀内が中腰のままパソコンのキーボードをたたき、矢野が当直カウンターの電話に向かった。

堀内が顔を上げた。

「ＰＩＣは朝霧《あさぎり》誠《まこと》機長です」

ＰＩＣとは第一指揮順位機長《パイロット・イン・コマンド》のことで、ニッポン《N》・インターナショナル《I》・エア《A》社では長距離便のクルーを、ＰＩＣと、ＳＩＣと呼ばれると第二指揮順位《セカンド・イン・コマンド》の機長、それに副操縦士の三名で組むのが標準編成となっている。

「ＳＩＣが山園敏之《やまそのとしゆき》機長、副操縦士は大林《おおばやし》進《すすむ》操縦士です」

竹村はＰＩＣの朝霧のことを覚えていた。外部点検で機外を回りながら、整備士にいつも明るく声をかけてくる機長だ。個人的なことはあまり知らなかったが、何回か顔を合わせているうちに、パイロットには珍しい文学部出身と聞いて驚いたことがあった。もみあげのあたりが白かったから年齢は五〇過ぎだろうか、背が高く一八〇センチ近い。制帽の下からは、いつも穏やかな目がのぞいていた。「あの朝霧さんが……」

矢野が乗客を二四六名と報告してきた。

「どうした？　元気ないな」

「そうですか？　普通ですけど。あの……。主任、整備は自社でやらなくなるって、本当ですか」

■０３５５■羽田運航統制本部〈フライト《F》オペレーション《O》・コントロール《C》センター《C》〉

羽田ターミナルビル四階にある通称ＦＯＸ《フォックス》と呼ばれる運航統制本部は、下半分がグレーの壁面のほとんどをテレプリンターの列で占められ、天井からは二段につり下げられた液晶モニターが、柱と柱の間にまるで欄間を作ったように並ぶ。しかしこの時間だと、モニター表面をうっすらと覆った埃《ほこり》が目立つだけで、半分以上の画面は何も映っていない。いつもならインクの臭いを立てながら紙をはき出し続けているテレプリンターも、防音されたケースから漏れた音が時折聞こえるくらいで、ほとんどが休んでいる。三交代で働く職員も、夜勤は国内、アジア・オセアニア、欧米路線に各二人、それに統括責任者が一人の七人で、最少人数になる。

一日八〇〇便を運航するＮＩＡ社は、国際線に比べ国内線の割合が圧倒的に多いので、羽田が主要基地という位置づけになっている。中でもここＦＯＸは、日常の飛行計画《フライトプラン》から航法《ナビゲーション》ログの作成は無論のこと、イレギュラー発生時のクルーおよび使用機材変更の指示、あるいは出発時間に至るまで、運航のすべてを統括管理している。

各空港にあるフ《F》ライトサ《S》ポート・ス《S》テーションは、ＦＯＸで作ったログやフライトプランをプリントアウトして乗員に渡すだけ、と言っても過言ではないほどだ。アメリカでもヨーロッパでもアジアの空港でも、それは同じである。

課長の柳沢英二《やなぎさわえいじ》は、デスクにある飛行監視《フライトワッチ》システムのモニター画面を、受話器を片手に見つめていた。現在飛行中の自社便の高度と予測位置が、管制官が使用するレーダーのように映し出されている。遅れていたロンドンからの二〇二便が、新たにその画面の隅に加わったのを確認しながら、受話器を置いた。

「おい坂井《さかい》。二〇二が上がったようだな」

坂井は自分を除く六人の夜勤者のなかの欧米路線担当だ。

「はい、先ほどお知らせしようかと思ったのですが、お電話中でしたので」

「パリの森川君からだよ、またかかってきた。心配なんだな」

ニューヨークに前線が近づき、明朝の到着時点での悪天候が予想される。先ほどまで搭載燃料の変更に悩んでいた坂井が、二〇二便の発報を持って来た。

「お親しいんですね」

「まぁね、同窓なんだ」

一歳年上の森川とは大学で同窓だが、彼は大学院へ進み、航空宇宙工学の修士課程を終えてから入社したので、柳沢の方が社員番号では一年先輩だった。いまでは俺、おまえの仲になっている。森川は昨年の異動で、三五歳という最年少のパリ整備責任者として、整備本部から派遣されている。

経済学部出身の柳沢は総務部を皮切りに、広報から秘書課まで、入社以来本社を離れたことはなかった。三年ほど前にFOXの前身である運航統制室に一年いて、その間に現在のFOXの構想作りに加わり、FOXを立ち上げて二年が過ぎていた。

肩書きはともあれ、部長以上が使える会社負担のクレジットカードを持つ唯一の課長であり、夏の異動では、さらに上のポジションが約束されていることは、ここの誰もが知っていた。

「成田整備からの連絡で、二〇六便のバーストしたタイヤが、森川さんの修理したものだと聞いて心配になったらしいんだな。それも森川さんが直接手を触れたわけじゃない。提携先の整備士がやったに違いないんだがね。彼は監督する立場だから、立ち会っていただけだろう。そういう偶然はよくあることなんだよ。そう思うだろ」

「そうですね。よくあることですね」

「成田の整備士は森川さんに、シップは自分の方でケアするから直接連絡するな、とか何とか言ったそうだ」

「森川課長も現場では苦労されてますね。それにしてもひどい言い方だなあ」

遅れていたロンドンからの便が上がったので、柳沢は坂井に後を頼んで仮眠のために部屋を後にした。眼鏡を外し、ベッド横の小物入れに置いたか置かないうちに、電話だと呼ばれてデスクに引き戻された。あくびを殺しながら受話器を受け取る。

「運航整備の……だれ？」

〈失礼しました、竹村と申します。二〇六便についてお聞きしたいのですが〉

「ああ、そう。タイヤがパンクしたんでしょう？　さっきパリの森川さんから連絡もらってね。成田整備は、夜勤の責任者に主任しかいないのかって文句言われたよ。主任というのは君か？」

電話口を手でふさぐと、坂井に成田整備の配置図を持ってこさせた。

成田運航整備室、整備第三課A班主任、竹村俊司。

羽田と違って、人数が少ないのですぐに見つかった。森川が言っていた生意気な整備士とはこの男だろう。若いのにたまたま夜勤の責任者になって得意になっているに違いない。しかし社員番号を見ると自分よりかなり上だった。この番号でまだ主任、いわゆるベテランという奴か。だから森川の足を引っ張ろうとしているのだろう。整備との無駄話を早々に切り上げて、仮眠室に向かった。朝までに少しは寝ておきたい。

整備本部は全員がライセンス保持者で占められ、専門職集団として、長年にわたって事務職には聖域だったところだ。役員も当然のことながら複数輩出している。

森川は部下一人をつれて、経費節減の旗印の下、牙城に乗り込んだのだ。

森川は整備の外注化を強く推進している。これは小さな政府、民営化という政治の流れと似ている。機体やエンジンなどの重整備を、中国や台湾、あるいはシンガポールに出すことによって、コストを二〇パーセントから三〇パーセント引き下げることが可能らしい。国内の運航整備も子会社化、あるいは分社化して中央とは切り離す。それが次期コストダウンの課題だと話していた。

ＩＴ化が進んだ現在、いかなる管理も中央が一括して行うことが可能だ。整備作業も例外ではない。高度にマニュアル化され、ユニット交換が主体となったいま、コスト高につながる人間、すなわちベテランと呼ばれる職人は不要になる。将来を見据えた改革を実行できる人材、時代は森川のような男を強く求めているのだ。将来的にはほとんどの整備を外注するようになる。それが世界の趨勢《すうせい》だというのが彼の持論だ。それだけに彼には整備部門の中で「抵抗勢力」も多い。

何事もそうだが、改革を行えば犠牲が出る。そこに情を持ち込むほど愚かなことはない。何のための改革だかわからなくなるからだ。ビジネスはビジネスと割り切る。森川はそれを実践していた。

　ＦＯＸの組織も見直す時期にきている。主要空港のＦＳＳは、管理職の窓際としてやむを得ずに置いてあり、いままでは乗員の弁当の世話ぐらいしかすることがない。集約してくるあらゆるデータを分析、解析し、最新の情報として提供しているのはＦＯＸだ。現に国内のほとんどの地方空港では、現地の契約会社がＦＳＳ業務を問題なくこなしている。自社で行う必要は全くないのだ。これは外国の空港でも同じだ。末端管理職問題はＦＳＳだけに限ったことではない。五六歳になったら早期退職制度を適用して、さっさとお引き取りを願うべきだと、現場を見るたびに責任を感じるのだ。

　理想を言えば、乗員も外注が望ましい。乗員の所属組織は航務本部で、主要ポストには乗員が名前を連ねている。しかし彼らはフライトが主体なので、実質権力は事務職が押さえている。自社乗員は身分が保障されているから生意気だし、要求も多く給料も高すぎる。外注にするかＪ社のように分社化すれば、いまより安く抑えることが可能になる。アフリカあたりで働いているロシア人パイロットなら、日本人の半額でも喜んで来るだろう。

　過渡期的な存在がキャビン《C》・アテンダント《A》だ。アルバイトＣＡと呼ばれ悪い印象を与えているが、仕事は正規社員と変わりなくこなしている。細かいところで差はあっても、コスト減から得られるメリットと比べれば微々たるものだ。現在、採用から三年間は社員ではない。それを少しずつ伸ばして外注という形に移行する。外注化することで、コスト減が図れる可能性がまだ残されている。この先ＮＩＡが生き残っていくためには、そんな提案もあってしかるべきかもしれない。しかし労働組合の反対によって、現状では一進一退が続いている。

一時間も経たないうちに、坂井が「パリから電話が入っています」と小声で伝えてきた。

〈どうも大変なことが起こっているらしい〉

森川にしては珍しいほどの慌てぶりだ。

「何か見つかったのか」

〈いやバーストのことではないんだ。事務所のあるサテライト・スリーが閉鎖された。二〇六便の件があったので、俺は残って仕事をしていたんだが、いま空港警察が来て、強制的に追い出されてしまった。何が起きたのか聞いても要領を得ないし、これも携帯からかけている〉

「閉鎖が発表されたのか」

〈公式にはまだだ。これから調べるが、どうもバイオ・テロが起きたらしい。防御服を着た連中がうようよしているし、パラシュート部隊が軽機銃で武装して入ってきた。これはただごとじゃない〉

「うちの二〇六便は大丈夫だろうか」

〈俺もそれを心配している。バイオだとすれば時間的にきわどいところだ。これから知り合いの新聞記者に聞いてみようと思っている。連絡するときは俺の携帯に頼む〉

「気をつけてやれよ。連絡を待っているから。ありがとう」

バイオ・テロだとすると、いままでに例のない事態だ。時間を見ると午前四時三五分だった。すぐに坂井を呼んだ。

「まだ確実にわかったわけではないから、外部には出さないでくれ。本社にもだ。二〇六の搭乗旅客数と機長以下クルーの名前を調べてくれないか」

「先ほど、タイヤバーストの連絡が入ったときに、調べておきました」

さすが坂井だ。乗客二四六名、クルー一五名、PIC朝霧誠機長、チーフパーサー浅井夏子《あさいなつこ》と書かれたメモが、淹れ立てのコーヒーと一緒に差し出された。

炭疽菌《たんそきん》だとすると、運が悪ければ日本に着く前に全員死亡するか、無事到着しても隔離して医療機関に運ぶことになる。いずれの場合も乗客名簿はすぐに必要になる。名簿は営業本部の管轄でここではわからない。バーストのことがあるので問い合わせてもよいが、この時間では不自然だし、やはりもう少し事態がはっきりするまで待つしかない。

どこかの部署がこのことをかぎつけたら、まずここに問い合わせてくるだろう。その時は現在調査中ということにしておき、本社の態勢が整ってから知らせることにする。

こうしている間にも電話機に目が向く。見ていたからといって電話がかかってくるわけではないのだが、やはり落ち着かない。コーヒーが美味しくない。この間もそう思った。次からはワンランク上の豆にするように言おう。

夜が明けたようだがまだ外は薄暗く、いやな雨が降り続いている。

■0420■成田運航整備室

あと一〇分ほどで日の出というのに外はまだ薄暗かった。駐機場の照明がスポットライトのように、コンクリートにはねる雨を照らしている。NIA成田オペレーションセンター一階の運航整備室では、夜勤の整備士、主任の竹村ほか五名が集まり、今後の対策を検討していた。パリの業務委託先、UTA社からの新たな連絡によれば、回収された破片の量が異常に多く、バーストしたタイヤは二本と考えざるをえないとのことだった。竹村も、ほかの誰もタイヤ二本バーストというような状況に直面したことはなかった。

「二本もバーストして無事に降りたヤツはいるか？　俺は聞いたことがないな」

「よほど静かに接地しないと、面倒なことになりそうですね」

矢野はまだ事の重大さがわかっていない。堀内が言葉を投げつけた。

「静かに接地しないと面倒？　そんな生易しいもんじゃない。高圧タイヤ一本が持つエネルギーは、手榴弾一発分と言うくらいだ。あいつがバーストすりゃあ、大抵のものはふっ飛んじまう。ともかく生きるか死ぬかだ！」

NIA社の過去の事例が参考のために引き出された。それによると今回と同じような例が自社のジャンボ機で一件あった。やはりパリ離陸時にタイヤがバーストし、そのまま成田まで飛行し無事着陸している。その時はバーストしたタイヤは一本で、機体も-400《ダッシュよんひゃく》より若干小さい、現在はクラシックと呼ばれている旧タイプのジャンボ機での例だ。

そのほかの機種でも離着陸時のバーストは何件か起きている。最も多いのはプロペラ機時代のYS11型機で、一九件あったが、それらはすべて着陸時に発生していた。

堀内の前には図面や性能表が所狭しと広げられ、何枚かはいまにも床に落ちそうになっている。まだ三〇代のはずだが、短く刈り上げたごま塩頭を掻《か》きながら、堀内はそのうちの一枚を指先で叩いた。

「主任、今回の場合、問題が多いですね。一つは引き込んでいる降着装置を正常に降ろす《エクステンド》ことができるか、という点です。以前のB747の例では車輪の上げ下げには関係なかったのですが、それでもタイヤの破片が高揚力装置《フラップ》に穴を空けていました。今回の場合はバーストは二本の可能性ということですし、フラップその他の損傷の具合はいまのところ不明です。タイヤ以外の足回りの損傷も以前のものより大きいと見るべきでしょう。主脚を正常にエクステンドできたとしても、フラップが降りないようなことになると、今度は着陸速度が速くなってタイヤの限界速度に近づきます。着陸時の衝撃に残った二本のタイヤが耐えられるかは不明です。運良くタイヤが保《も》ったとしても、今度はどの程度ブレーキが効くかという問題がでてきます。左ボディーギアのブレーキは空滑り防止装置《アンチスキッド》の件もあるし、ダメでしょう。その時の制動距離がどうなるか、ですね」

設計上は何が起きても対処できるように、ある程度の余裕を持たせてある。タイヤも例外ではなく、静止状態で最大予想加重の四倍までは保つように作られている。しかし実際は新品タイヤではないし、運航時と静止状態の加重は全く違う。これがどこまで保つかは、その時の状況によるとしか言いようがないのだ。図面を見る堀内の表情が硬い。

「左ボディーギアのデータがダウンリンクされてこないので、信号を送る配線にも異常があると思うんですが」

「配線もバーストによってダメージを受けたということか」

「そうですね。あの太い主脚柱の後面にあって、被覆された配線がやられたとなると、被害は当然その周辺にも及んでいると見るべきでしょう。幸い油圧系統《ハイドロ》の不具合は出ていないようです。問題の左主脚の状態がどうなっているか、それによって機上もそうですが、すべての対応が変わりますね」

巡航中に車輪を出して確認することはもちろんできる。が、好ましいことではない。万が一車輪を引き上げることができなくなってしまった場合が懸念されるからだ。降ろしたままの車輪は大きな空気抵抗を生み、大量の燃料を消費する。とても成田までたどり着くことはできない。乗客を乗せて、そんな危険を冒すことはできないのだ。

「一応の予想を立てておいて、着陸前に目で見て確かめて、それから対処法を考えるのが一番確実でしょうね。低空をゆっくり飛んでもらって、それを双眼鏡で見て、損傷の程度を確認するしか方法はないように思いますが」

堀内がため息まじりにつぶやく。

「昔ながらの方法ですがね」

雨だれの音が、残り時間を刻んでいるようにも聞こえる。

「ともかくバーストしたというだけで、不具合の全体像がまだはっきりわかっていない。こんなことを言うとマスコミからはいろいろ叩かれそうだが、確実なのは堀内の言うように、やはり目で見ること、それしかないな。しかしだ、いったん降ろした車輪はもう引き上げることはできない。そうだろう？　最終的な手段としての胴体着陸は不可能になる。だったら車輪を降ろして着陸をするか、車輪を降ろさずに胴体着陸するか、機長が決められるようなアドバイスを用意しておく必要がありそうだ。当然のことだが、万が一の事態に備えて空港当局には化学消防車をフルに動員してもらう」

竹村が見回すと、皆黙ってうなずくだけだった。

「この天気で、見えるかな」

矢野がわずかに明るみを帯びてきた窓の外を見上げた。まだ低く暗い雲がたれこめている。予報では午後から小雨になり、視程もいまより上がることにはなっていた。

「そうだな。雨だと乾いているときに比べてほんのわずかだが、発火の可能性は減るかもしれないな」

「でも雨が降っていると脱出シュートが濡れて、脱出時の怪我人が多くなりますよね」

「おまえも、たまにはいいこと言うね」

堀内が矢野の肩をたたいた。矢野が照れながらパソコンの椅子に戻って行った。

「無事に着陸したとして、そのあとのことですが」

堀内が竹村に向き直った。

「機体は滑走路上で停止して、もう動けないと思うんです。タラップを付けて乗客を降ろしたあとに牽引車《タグ》で引っ張るとしても、車輪を直してからじゃないと無理でしょう。滑走路をかなり長いあいだ閉鎖することになりませんか」

滑走路の閉鎖について竹村も気にはしていたが、その件について運航統制本部《FOX》からはまだ何の連絡も入ってこなかった。成田には大型機が降りられる滑走路が一本しかない。その滑走路を一時間以上も、最悪の場合は、滑走路の補修を含めてかなり長い時間、閉鎖させなければならない。そんな飛行機を、成田は受け入れるだろうか。着陸後の処置についてFOXに再三問い合わせたが、電話はつながらず、やっとつながっても「検討中」というだけだった。

「貨物はどのくらい積んでいるんだ？」

矢野に堀内が声をかけた。

「約二〇トンです」

「そいつも降ろさないと、タグで引っ張るときに無理がかかるな」

「この便にはワインを一〇〇ケースも積んでるんすね。一ケース二〇本だから二〇〇〇本ですよ」

「ボジョレ・ヌーボでもないのに飛行機で運ぶんだから、すごくいいワインなんだろうな」

「そんなことありませんよ。いまはほとんどが空輸です。船便だと赤道を通るから傷むんです。でも珍しいいな、普通はカーゴ便で来るんですが」

「矢野、おまえワインに詳しいな。どこのお坊っちゃまなんだ」

「いいえ、青森の端っこです。ワインがでるような食事の雰囲気が好きなだけですよ」

生真面目に答えた矢野は、日焼けした顔を赤らめた。

パソコンの画面には二〇六便からの定期ダウンリンクが流れていた。一見アルファベットと数字の羅列だが、エンジンやシステム関連の状況を示している。左ボディーギア関連の数値が欠け、よく見れば二番油圧システムの油量がほんのわずか少ないが、許容範囲内なので、異常なし《ノーマル》だけが画面に残った。

夜が明ける頃には整備の上層部も、先ほど送った緊急連絡で姿を見せるだろう。彼らにいままでの経過と今後の対応について、モーニングレポートでも最初から説明しなければならない。

〈着陸前に上空を低空飛行《ローパス》してもらう。破損状況を確認するために車輪が降ろせれば、降ろして地上から直接目視で確認する〉

〈無事に着陸した場合は、乗客も貨物も、できれば残りの燃料まですべて降ろしてから牽引する〉

〈最悪の事態も予想されるので、空港には最大級の消火並びに救助態勢を要請する〉

要点をメモにまとめ終えた竹村は、堀内を呼ぶと、ＦＯＸに連絡してトラブル状況をどこまで二〇六便に伝えたのか、確認するように指示した。

■0450■羽田運航統制本部

上空で細菌がエアコンにのって機内に広がり、乗客が次々と倒れていく。パイロットも力尽きて飛行がおかしくなり、シベリア上空で緊急信号を発しながら墜落する。パニック映画ではあるまいし、と思いつつも、気が付くと不吉な考えばかりが頭をめぐる。

「FAXが入ってきました」

坂井の声にハッとした。いつの間にか側に来たのに気が付かなかった。夜勤のこの時間は注意力が散漫になる。

関連会社運航管理オフィス御中。シャルル・ド・ゴール《LFPG》空港ターミナル施設の一時閉鎖について。当空港のターミナル・ワン並びにサテライト・スリーの両施設を通知があるまでの間、閉鎖するとの連絡が空港事務所からあった。詳細は不明。以上。パリADP。

閉鎖となるとやはりバイオか。コーヒーを飲もうと手を出したが、そのカップの中にも細菌が浮いているような感覚に囚《とら》われて、慌てて手を離した。

「課長、パリからです」

待っていた森川からの電話がやっと入った。

〈警察と軍と消防で、身動きができないような感じだ。だいたいのところがわかったけれど、バイオではないようだ。サリンのようなバイオ・ケミカルならば、日本で起きた時もそうだったが、犠牲者が運び出されてくるはずだ。それが全く見られない。汚染されているという言葉が盛んに言われているのと、持ち込まれる機器類から見て、はっきりとはわからんがどうも放射能のような気がする。ともかく警戒が厳しくて全く近寄れないんだ。記者連中も出払っていて、会うこともできないし、電話も通じない〉

「一〇分ほど前にパリ空港公団《ADP》からターミナル施設の閉鎖のＦＡＸがきた。ほとんど何の情報も書いてないんだ。それはテロなのか」

〈いや、テロではないようだ。テロではないと警察は言っている。動揺を防ぐための言い訳かもしれないし、信用はできない。テレビもラジオも一切このニュースは流れていないんだ〉

「おまえはどう思うんだ」

〈放射能だとすると、テロではなさそうだな。この種のテロは小型の爆薬を使って放射性物質を広い範囲にばらまくんだ。だが爆発が起きた形跡はない。俺は空港にいたから、何かあれば音ぐらい聞こえたはずだ〉

「そうか。そっちは大変だろうけど、こちらにはあまり影響ないと考えていいな」

〈そうとも言えない。閉鎖されたのがターミナル・ワンとサテライト・スリーだけなんだ。知っているだろうけど、そこにはうちが使っている事務所とカウンターがある。それに時間から考えて、二〇六便に犯人が乗っているとも考えられる。すぐに乗客名簿を調べた方がいい〉

「テロではないんだろう？　犯人というのは」

〈今回のことに関与した者という意味だ。これも時間が経てば詳しいこともわかってくるだろう。すぐ本社に知らせるかどうかは任せるが、ターミナル・ワンとサテライト・スリーが閉鎖されたことは確かだ。次のパリ便はまだ時間があるから、それまでには閉鎖も解かれると思う。二〇五便は定刻に出しても大丈夫だろう。……ちょっと待ってくれ。いま空港警察で動きがあった〉

「おまえ今どこにいるんだ」

〈空港警察だ。関係者だと言って強引に入り込んだ。発表があるようだ。すぐかけ直す〉

電話が切れ、「待ち」が始まる。何もできない時間だ。ほかのことをやっても身が入らない、間違いを起こす、落ち着けない、目も気持ちも電話機に吸い付けられたまま、トイレにも行けない。

窓の外は平凡な雨の一日がすでに始まっている。

ようやく電話が鳴ったのは五時四〇分だった。

〈お待たせした。やはり放射能だ。核種は現在検査中。それがわかれば除去作業が始められるそうだ。放射能が出発便、到着便に関わっているかは不明と言っている。汚染箇所はターミナル・ワンとサテライト・スリーということだ。そこに到着、あるいは出発した便を対象に、関係機関に連絡するらしい。うちの便はサテライト・スリーの四番ゲートだ。だから本社には当然連絡が

入ると思う。それに国土交通省か警察庁かわからないが、関与が確定すればそっちにも連絡が入るはずだ〉

「わかった。それではすぐに本社に連絡を入れる。混乱するといけないから、この情報に関しては運航統制本部《FOX》が一括管理する。ほかの部署には流さないでくれ。おまえも気をつけろよ」

〈了解した〉

この時間だと本社には当直の平社員が一人くらいしかいないだろう。あいつらでは役に立たない。パリの空港警察かADPかわからないが、そこから連絡が入る前に幹部は知っていなければならないとなると、とりあえずFOX本部長への連絡は坂井に任せておこう。

「秘書室の山之内《やまのうち》室長と、広報の川口《かわぐち》には俺から連絡を入れておく」

坂井はすぐに手帳を取り出した。

「わかりました。たぶんうちの便ではないでしょうが、万が一の準備もしておいたらと思います。それからモーニングレポート用に、ターミナル閉鎖については報告書を作成しますが、バーストの状況はどうしましょうか。詳しいのを成田から呼びますか」

二〇六便はバーストも抱えている。そっちの処置は成田整備でないとわからない。それに万が一放射能が加わるとなると、大変な緊急事態になりかねない。

「そうか、二〇六は要整備箇所《メンテ》を抱えていたな。成田のモーニングレポートに出ればバーストの件も詳しくわかるし、このままだと森川が悪者にされかねないからな。成田まで行くとするか」

「わかりました。車は六時半に用意させればよろしいですか。〝上《やつら》のピンチは下《うちら》のチャンス〟、でしたっけ？」

柳沢はぎくりとしたが、無視を装って言葉を重ねた。

「七時でいいよ。成田のモーニングを八時半に変更してくれないか。それまで少しでも寝ておきたいんだ。君も出席したらいい。あ、それからすべての準備が終わったら、さっきの閉鎖のＦＡＸを、成田フライト《F》サポート《S》・ステーション《S》に転送しておいてくれ」

■0530■成田フライト《F》サポート《S》・ステーション《S》

「補助動力装置《APU》を交換しているんですか？　これから？　それで二〇一便と二〇九便のシップを入れ替えるということですね。了解しました。もう少し早ければ、作り直さなくてもすんだのにな。いや、こっちの話です。ありがとう」

成田オペレーションセンター四階、フライト《F》サポート《S》・ステーション《S》のカウンター奥で、欧米路線担当兼夜勤責任者の山根省吾《やまねしょうご》は静かに電話を切った。機材が替わると燃料および貨物の搭載など、出発準備作業に関わる各部門へ影響が及ぶ。アシスタントの前里有子《まえざとゆうこ》を探したが近くにはいなかった。

プリントアウトしたばかりの、ロンドン便とフランクフルト便の航法《ナビゲーション》ログを、ため息とともにに回収箱に投げ込む。夜が明け始めたこの時間帯は、気象情報や航空情報の最新版に目を通し、午前中に出発する便のフライトプランやナビゲーション・ログ、ウエイトバランスなど、必要書類の整理に追われるときなのだ。日勤組が出社する前に、これら乗員のための書類作りを済ませておかなければならない。

窓から見える空はどんよりとした灰色の雲で覆われ、まだ小雨が降り続いている。グレーの絨《じゅう》毯《たん》に覆われたFSSの広いフロアーは、ここにいる誰もがそうであるようにまだ目が覚めきらず、気怠《けだる》い気分に覆われているかのようだ。アジア・オセアニア路線の担当者二人も、うんざりしている様子が窺《うかが》える。プリンターからは、新しいログが次々とはき出されてくる。山根はため息をつくと、変更中のナビゲーション・ログの画面に戻った。定年まで一〇年を切って、最近は疲れだかストレスだかわからないが、何かが溜《た》まっているのだろう、気が付くとため息をついていることが多くなった。

山根はコーヒーを一口飲むと、変更になったシップのデータと、それによる出発時刻および順位の変更はない旨を運航統制本部《FOX》に連絡し、必要事項をホストコンピューターにインプットするために、キーボードに向かった。

FOXができる前はこんな手間をかけなくても、プランを作り直し、航空局《CAB》に送ってプリントアウトするだけでよかった。燃料も高度もルートも、乗員と相談しながら自分たちで決めたものだ。あの頃の方がすべてがスムースに運んだ。FOXと同じような仕事なのに、いまでは乗員も自分たちのことを信用してくれないし、ここにいる事務職までが、FOXに行った奴はエリート、勝ち組で、残った自分たちは負け組とさえ思っているのだ。

「リーダー、これ、きてました。下の方に隠れていてすみません」

眠そうな顔をした前里が、対地データ通信装置《ACARS》のプリントを持ってきた。

「おお、いいときに来てくれた。二〇一と二〇九のシップが入れ替わったんだ。すぐに燃料屋と搭載さん（貨物や手荷物、機内食などを搭載する会社）と、旅客（乗客のハンドリングを行う部署）にも連絡入れてほしいんだが。それと変更をモニターで流してくれないか」

前里が電話に向かった後、山根はACARSのプリントを手に取った。

ポジションKOPIS。2019協定世界時《UTC》。3万3000フィート。風250／25ノット、気温マイナス48℃、オペレーション・ノーマル。エストニアからロシアに入るあたりで揺れも止まり、現在快晴、気流良好。気分のすぐれない乗客1名。高い熱もなく、特に変わった症状もない。引き続きCAによるケアを続ける。以上。206便機長、朝霧

長引く不況に加え景気低迷の影響がまだ残っていて、最近では低料金に合わせた強行軍のツアーが増えている。そのためにニッポン・インターナショナル・エアでは、特に日本へ向かう帰りの便での病人の発生率が高くなっていた。

ヨーロッパ線だけをとっても、今年になってから、途中のハバロフスク空港に緊急着陸した便が二便あった。どちらの便でも乗客の中に医者が乗り合わせていて、適切なアドバイスを受けられたので、そこまでの決断ができたと報告書のなかで機長は記している。

山根もその報告書は読んでいた。いままでの例でも、ほとんどの場合乗客の中に医者がいて協力が得られている。それに山根自身、命に関わるようなケースに出くわしたことはなかった。

緊急に処置が必要というわけでもないのに、わざわざレポートを送ってくるとは、少し神経質になりすぎていないか。

二〇六便のレポートをファイルに挟もうとして、山根は改めて機長の名を確認した。

「朝霧さんか」

乗員の中には、フライト前の打ち合わせ《ブリーフィング》でもエリート風を吹かし、わがままな振る舞いをする連中が少なからずいるなかで、朝霧機長はいつも真剣に耳を傾けてくれる。口数は少ないが燃料や重量の計算など、少しの間違いも見逃さない厳しい一面も備えている機長だ。フライトのかなりの部分を副操縦士《コーパイ》に任せるのだろう、彼らの目が輝いていることが多い。

「無意味なレポートを送ってくるような人じゃない。病人の症状に、なにか気になることがあるのだろうか」

ロシア領空に入ったあとで、病人の容態が悪くなったりするとやっかいなのだ。どこに適切な医療機関があるかもわからないし、緊急着陸するとしてもモスクワか、およそ六二〇〇キロ離れたハバロフスクぐらいしかない。

前里が戻ってきた。

「お忙しいところをすみません。パリにつながらないのですが、何か連絡入っていますか」

「つながらないって、電話がか?」

「はい。呼び出し音はしているのですが、だめなんです」

「それじゃ、席を外しているんだろう。しばらくしてからかけ直せよ」

航空会社といえども経費節減の必要性から、海外の空港にはそれほど多くのスタッフを置いていない。カウンターなどの旅客関連部門は、一部の管理職をのぞいてほとんどが現地採用の契約社員で、運航、整備部門となると、プロパーな日本人ライセンサーが一人いればいい方なのだ。そのため実際の細かい作業は、提携会社に委託したり現地職員がとり行ったりしている。電話も日本語専用電話とでもいうのか、日本からの通話は一本の電話機に集約してあり、日本語のわかる者しか取らない仕組みにしているところも多い。前里はアシスタントといっても、四月までカウンターでもぎりをしていた派遣社員だから、そういうことはわからないのだろう。

「現地は二一時四五分ですけど、もう帰られたんですかね」

「いやサマータイムだから二二時四五分だろう。旅客ターミナルの方にも入れてみたのか」

「はい、空港支店も整備も、それからうちの事務所も誰も出ないんです」

「パリに何か急ぐ用事があるのか」

「いえ、特に急ぐことではないのですが、整備がパリと連絡が取れるか聞いてきたものですから」

「みんな帰ったんだろう」

帯のように長くつながってプリントアウトされてくるナビゲーション・ログの、余分なところを切り取ってA4のサイズにたたむと、デスクに戻ってフランクフルト便のログの準備にかかった。

　六時になったら新しい気象情報が入ってくる。そちらもまとめておかなければならない。

　フランクフルト便のログを作り終えたちょうどその時、電話が鳴った。「運航整備の堀内さんという方からです」と前里が回してきた。

〈二〇六便のタイヤバーストの件で、シップから何か連絡が入っているかと思いまして〉

「タイヤのバーストですか？　初めて聞きます。シップからは病人が出ているとは言ってきましたが、タイヤのことは何も言ってませんでした。本当にバーストが起きたのなら、乗員が気がつかないというのも変ですね。こちらにはＦＯＸからもそんな情報は入っていませんし、どういうことなのでしょうか」

　バーストは車でいえばパンクではないか。一六本あるタイヤのうち一本がパンクしたくらいで、整備が大騒ぎすることもないだろう。ＦＯＸも何も言ってきていないし。電話の向こうで堀内が一呼吸置き、最初から説明を始めた。

　過去に似たような事例が一件だけあったのを山根は思い出した。やはりパリ離陸時にタイヤがバーストしたがそのまま成田まで飛行している。

「松田《まつだ》キャプテンだったと記憶しているのですが、あれと同じと考えていいでしょうか」

　堀内も当然その事例を承知していた。

〈あのときは、タイヤの破片で高揚力装置《フラップ》に穴があいたくらいで済んでいますが、今回はもっとひどいと思います。何しろバーストは二本と考えられるからです。シップからそちらに直接連絡が入ってくるかもしれません。実はシップには問い合わせしないようにとFOXから言われていまして、こちらから連絡することができません。それとFOXから第一報がこちらに入っただけで、それっきりFOXと連絡が取れないのです。何か入ったらすぐにご連絡いただきたいのですが〉

タイヤ二本が同時にバーストした事例など、山根も記憶になかった。安全に関わる重要なことをなぜ制限するのだろう。電話が終わるとすぐにFOXに確認の電話をいれたが、話し中でつながらなかった。

それに、パリの整備にも運航にも誰もいないというのはどういうことか。パリではFSSが行っている運航支援業務の一部を、空港公団《ADP》に委託している。あそこなら二四時間誰かいるはずだ。山根は念のために自分でも電話をかけてみた。回線が混んでいるようで、話し中でなかなかつながらない。立ち上がったところでFAXが受信を始めた。

関連会社運航管理オフィス御中。シャルル・ド・ゴール《LFPG》空港ターミナル施設の一時閉鎖について。当空港のターミナル・ワン並びにサテライト・スリーの両施設を通知があるまでの間、閉鎖するとの連絡が空港事務所からあった。詳細は不明。以上。パリADP

ターミナルとサテライトの閉鎖？　NIAパリ空港支店があるターミナル・ワンだけでも、一二〇社以上のエアラインが入っている。日本を午前中に出発するパリ便は、ほかの空港に回される可能性もある。

いつだ？　ヘッダーを見ると差出人ＦＯＸ、時刻は五時五四分。これは今だ。しかしその上にもう一行ヘッダーが印刷されている。差出人ＡＤＰ、受取人ＦＯＸで送信時刻はパリ時間二一時五〇分、日本時間午前四時五〇分。ＦＯＸはＡＤＰから受信したＦＡＸを、一時間以上も転送せずに留めていたことになる。

ＦＯＸはこの間に情報収集をし、閉鎖の原因もある程度までわかっているはずだ。しかし何も知らせてこない。バーストについてもそうだが、安全に関わる重要な情報をなぜ制限するのか。先ほどの疑念がいっそう深まった。山根は受話器を耳に当てたままＦＯＸの番号を押した。

まだ話し中でつながらなかった。

■0545■社内連絡事項

運航整備室の当直デスクで、竹村はいままでの状況を一通り報告書にまとめた。このような事態が起きると、二時間後に迫ったモーニングレポートでは、書類を添えて細かく説明をしなければならない。その前に昨日届いた社内連絡事項に、目を通しておく必要がある。竹村は回覧用のバインダーを手に取った。いつもは中身もろくに読まずに印を捺《お》すだけだが、今朝は書類をめくりながら冷えてしまったコーヒーに口をつけた。

「成田空港周辺の騒音調査結果」「夏ダイヤにおけるコードシェア便（ニッポン・インター運航）について」「成田メインテナンス・センター工事のお知らせ」など目新しくもない業務連絡書類に混じって、あまり見慣れない文書を見つけた。支店内の部長会議事録で、各部署に宛てた業務連絡書にＦＡＸされた書類が付いている。

添付されているのは、新東京国際空港事務所の総務課長から空港内定期航空運送事業所の各長へ宛てたもので、それにはさらに別添が付いていた。それは東京航空局次長から管内一般長宛てに送られたものであった。竹村はコーヒーカップを置いた。

国際テロに向けた警備対策等について（協力依頼）

表記について官房長より別添（官文第９３３号）のとおり通知があったので本件趣旨を了知のうえ貴下職員および関係機関に対し、周知方よろしく取りはからい願います。

官房長よりの別添とは、官房長が東京航空局長宛てに送ったこれと同じような文面で、それにも別添が付いていた。それは警察庁警備局長から国土交通省大臣官房長への書簡であった。

２００１年９月11日の米国同時多発テロ事件がおきて以来、アフガニスタン紛争、イラク戦争など不安定な国際状況のなか、我が国が米国のテロ組織に対する軍事行動に支援を明確にして、国際社会と共同歩調をとったことから、国際テロリストによるテロの標的とされる可能性も懸念されるなど、きわめて厳しい情勢が続いております。

このたびＩＣＰＯ（国際刑事警察機構）より警察庁国際第二課を通じて核物質の盗難並びに行方不明に関連して、テロリスト支援グループの活動が活発化しているとの情報が寄せられました。昨年サウジアラビアで逮捕されたアルカイダの戦闘員などの自供から、国際テロリスト集団はセシウム１３７など放射性物質を使った核報復を画策しているとの疑念が記されています。

警察としましては総力を挙げて警備諸対策を推進しているところであります。貴台におかれましても、本件の重要性をご賢察のうえ、ご理解とご協力をお願い申し上げますとともに、人、物などの国際間の移動につきまして指導を強化されるなど適切な処置を講じられますことを要望いたします。

「主任、この書類、おもしろいんすよ」

矢野が後ろから声をかけてきた。さっき読んだのだそうだ。

「順番がわかりにくいんです。ちょっといいですか？　日付順に並べてみたんです」

矢野は書類をバインダーから外すと机の上に広げた。日付順からたどると警察庁から大臣官房へ別添付きの書類が行き、大臣官房から東京航空局へ、そこから東京航空局管内の各空港事務所長へ送られ、成田空港事務所長から成田にある航空会社宛てに、それが部長会に順次届けられたものであるらしい。

「最後に付いてるこのＦＡＸの文書が必要なんでしょう？　それがここにたどり付くのに二週間以上かかっているんですよ。それとここの判子、順番に小さくなっていくところなんか、最高っすよね！」

この手の文書は自分のような整備の下っ端のところまでは届かないので、夜勤の時にこっそり見るのだと矢野は屈託なく笑った。竹村は回覧書類の名前枠にさらに小さな判を捺しながら、書類にあった〈セシウム〉という名が気になっていた。

確かあのとき東海村で検出されたと発表されたのはセシウムだったのでは？

竹村の実家は東海村から北西に約三五キロほど行った大子《だいご》町のそばにある。ＪＣＯの臨界事故が起きた時、半径一〇キロ圏内にいる住民に屋内退避の勧告が出された。そのことで両親が農産物の放射能被害について心配していたことを思い出したのだ。ＦＡＸにあったセシウム１３７を使った核報復とは何だろうか。セシウムは核爆弾には使えないはずだ。竹村は書類をバインダーに戻すとパソコンに向かった。インターネットで検索する。

驚いたことに一七〇〇件ものページにヒットした。

〈この高レベル放射性元素は原子力発電所などでウランの核分裂に際して副産物として生じる〉

〈カリウムに似た性質を持っていて食物連鎖系に入り込み、ひとたび汚染されると除去することは不可能に近い〉

〈米原子力規制委員会は、放射性物質の紛失報告を毎年三〇〇件近くも受けている〉

〈アルカイダはセシウム１３７を入手した可能性が高い〉

〈五キロのＴＮＴ火薬で豆粒ほどのセシウムをばらまくことによって四〇ブロックが汚染基準を上回り、何十年にもわたって居住できなくなる〉

〈セシウムよりも毒性の強いのはプルトニウムである〉


二〇六便の故障で騒ぎになっている現在の状況と、放射性物質を使ったテロとは、遠くかけ離れている。社内連絡事項というのは、今回のように時期外れか、どうでもいい役立たずなものが多い。そして無料航空券や格安海外旅行など、枚数に制限があるようなおいしい情報は、決して期限前には流れてこないのだ。どこでどんなやつが担当しているのか知らないが、責任逃れに作っているとしか言いようがない。だから読まれなくなるのだろう。

「主任、タイヤバーストについてなんですが」

堀内が不機嫌そうな顔をしてそばにやって来たので画面を消した。

「フライト《F》サポート《S》・ステーション《S》には連絡が取れたのですが、運航《F》統制《O》本部《X》の連中は二〇六便にまだ何も伝えていないようです。どうしますか？」

ＦＯＸを差し置いて、こちらから先に二〇六に連絡することはできない。

「あいつら一体何を考えているんだ。二〇六から何か聞いてくるまで待つしかないのか」

竹村は電話機を堀内の方へ向け、ＦＯＸをもう一度呼び出すように頼むと、自分は胴体主脚《ボディーギア》の図面に戻った。

窓の外はすでに明るくなっていた。どんよりとした灰色の雲に覆われているので、寝不足の目にはちょうどいい。机の向かい側で堀内が首を横に振ると黙って受話器を置いた。

■0625■情報不足

朝になっても相変わらず小雨が続き、梅雨に入ったような湿気《しけ》った天気だった。竹村は隅のデスクで、二〇六便の状況を記した業務日誌を読み直していた。声に気づいて顔を上げると、緊張した面持《おもも》ちの堀内が足早にこちらに向かって来た。

「主任、いま運航統制本部《FOX》から電話が入りました。こちらに回そうとしたのですが、あの野郎、時間がないからと一方的に切りやがって。パリのド・ゴール空港が一時的に閉鎖されたらしいのです。ド・ゴール空港に向かう便は、オルリー空港に回されるかもしれないとのことでした」

「理由は聞いたか？」

「それには触れませんでした。詳しいことがわからないので、矢野に電話させているんですが、ド・

ゴール空港の回線が混雑しているようで、まだ連絡が取れません」

「ＦＡＸかメールか、旅客課に聞いてみるとか、ほかに何か手段があるだろう」

「ちょっとほかから調べてみます。それからモーニングレポートが八時半からになったそうです」

堀内は自分の席へ戻っていった。ふつう空港閉鎖が起きるのは悪天候時や、事故が起きたようなときだけである。今日のド・ゴール空港はよい天気だったので、何かトラブルでもあったのだろうか。

竹村は引き継ぎの業務日誌にド・ゴール空港閉鎖のことを書き足すかどうか迷った。いまの状態ではあまりにも情報不足だからだ。どうも何かおかしい。竹村は壁の時計を見上げた。六つの時計が世界の主だった都市の時間を示している。パリはまだ真夜中だ。ニッポン・インターのパリ行きは、成田を出発するまでにまだ五時間以上もある。それなのにＦＯＸは、話している時間がないというほど急いでいる。なぜだ。

堀内が首をかしげながら戻ってきた。

「フライト《F》サポート《S》・ステーション《S》が言う状況は、ＦＯＸとは少し違うようです。ＦＯＸのやつは、何であんなことを言いやがったのかな」

「ＦＳＳはなんと言っているんだ?」

「空港は閉鎖されていないと言ってます。ターミナル・ワンとサテライト・スリーが閉鎖されたとのことです。これはパリ空港公団《ADP》からの連絡だから間違いないと言ってました。そこにカウンターと搭乗ゲートがあるのはうちだけじゃないですから、それにともなう駐機場の問題もあって、シャルル・ド・ゴール空港には降りられないかもしれないということらしいです。それにしても、うちの二〇五便はまだ成田を出発していないし、定刻に出ても着くのはいまから一七時間も先なんですよ」

「閉鎖された理由は？　停電か何かか」

「まだわからないようです」

「向こうは真夜中過ぎだし、こんな時間じゃ利用客もいないだろう。閉鎖はどのくらい続くと言っていた？」

「私もFSSに聞いたんですが、それもわからないと言ってました。ADPからはターミナル閉鎖の知らせだけで、詳しいことはニッポン・インターの現地事務所に聞いてくれと、それだけだったそうです。でも会社《うち》の運航事務所も、パリ空港支店も連絡が取れないんです」

「なんで連絡が取れないんだ」

「いまターミナル・ワンが立ち入り禁止なので、事務所に入れないのではないかと言ってました。パリ市内の支店にも連絡をとっているらしいのですが、真夜中ですし……」

「この際だからパリ整備の森川課長を起こすとするか」

寝不足で充血した堀内の目が大きく開いた。

「主任、ちょっと待ってください。先ほどのFOXの野郎の口ぶりだと、空港閉鎖の第一報は森川課長が直接入れたようなんです。こっちに連絡を入れないでFOXに入れたのは、何か事情があるような気がするんですが」

しかしこのままでは事態の把握ができない。何とかパリと直接連絡を取る方法がないか。

「そういえば、うちの班の斉藤《さいとう》が整備応援で行ってたな」

「はい。斉藤和夫《かずお》ですか。今週いっぱいで帰ってきますが、そうか、あいつの国際携帯ですか！」

ニッポン・インターではパリに整備士は二人しか置いていない。一人が休暇や休みを取るときには、〝応援〟として日本から人を出す。二〇〇一年の米国同時多発テロ以来、パイロットだけでなく国外へ行く整備士にも国際携帯電話を持たせていた。

「あいつを呼び出して……。やってみます」

竹村はページが開かれたままになっている日誌の申し送り事項に目を落とした。もしここにターミナル閉鎖ではなくド・ゴール空港閉鎖と記入していたらどうなっていたか。モーニングレポートの席上で、整備の情報管理は甘いと、FOXの担当者から皆の前で指摘されることとなっただろう。それだけならまだしも、いまは微妙な時期にある。何かミスがあれば、整備の外注化論が活発化し、自社整備をなくす理由付けにされかねないからだ。

パリの斉藤とつながったと堀内が知らせてきた。北関東のアクセントが少しある元気な声が飛び込んでくる。

〈フランス語ができないんで苦労してます。もしもし……〉

「もしもし、斉藤か？　竹村だ。元気にやっているか」

〈はい、主任。ありがとうございます。それでこちらの状況なんですが、空港で何か事件が起こっているらしいと自宅に電話があったんです。ターミナル・ワンと事務所のあるサテライト・ス

リーが封鎖されたと言ってきました〉

「誰から電話があったんだ」

〈はい。業務委託先のＵＴＡ社の整備士で、バイクのモトクロス選手権に出ているやつがいるんです。今日は休みだったので、彼と一緒に走りに行ったんです。その彼が空港から連絡をくれました。それで急いで駆けつけたのですが、空港警察とたぶんフランス軍のパラシュート部隊だと思います。完全武装で、あちこちで照明を照らして、……ターミナル・ワンは駐車場にも近寄れません。消防車も来ているようです。エア・フランスが入っているターミナル・ツーは、警戒だけがレベル・スリーに上がっているようですが、ほぼ通常通りにオペレーションしています。今のところ離発着は行われています。ターミナル・ワンにはＩＤを見せても入れてもらえないので、貨物ビル裏の従業員駐車場から電話しています〉

斉藤の背後で、ジェットエンジンの音が時々聞こえている。

「一体何が起きたんだ。会社の連中はどうなっている？」

〈封鎖された時間が遅かったので、ほとんどの人が退社した後でした。空港に来た人も、ターミナルに入れないので、確認のしようがないと言ってます。ポールとこの駐車場で会うことになっていて、まもなく来ると思います。ちょっと異様な警戒ぶりです〉

「異様というと？」

〈静かなんです。真夜中のこともあるんでしょうが、警察も一切サイレンを鳴らしていないし、消防もそうです〉

竹村はすぐにテレビのＣＮＮニュースをつけるように堀内に手で指図した。ＣＮＮは関係ないニュースを流している。竹村は画面をちらっと見ただけで、耳を押さえたまま、また電話にかがみ込んだ。いま斉藤は消防車が来ていると言っていた。そうなると火事か？

「斉藤、そこから煙は見えるか？」

〈いえ、ここからは何も見えません。臭いもありませんし火事ではなさそうです。あ、いまポールが来ましたので、……ちょっと待ってください〉

ツーストローク・バイクのはじけるような排気音が聞こえてきた。ポール！　と斉藤が大きな声を出した。排気音が止まって静かになると英語で何か話している様子が窺えた。離陸していく機のジェットエンジンの音がバックに入ってきた。

〈主任、ちょっと何か大変なことが起きているようなので、調べてからかけ直します。よろしいですか？〉

「ああ。待っているから」

心配そうな顔でデスクの前に立っている堀内に電話の内容を伝えると、刈り上げたこめかみあたりの血管がぴくっと動いた。

「……でもな、見方による。いまパリで何か大きな事件が起きていたとしても、そしてターミナルビルが閉鎖されたとしてもだ、俺たちにはあまり関係ないんじゃないか？　まだパリ行きは出発していないしな」

「それはそうですが、どうして何の情報も正式ルートで入ってこないんでしょうかね。ともかく何か事件が起きているというのに、ＦＯＸは一体何をしているんですか」

「あいつら、偉そうなことを言うわりにはいつもそうだ。また『情報の把握に手こずりまして』とかなんとか言うんだろう。それよりも二〇六便の車輪故障の方が危険度は高いし、俺たちに直接関係してくる」

竹村は業務日誌を横にどけると、左ボディーギアの図面を開いた。滑走路から回収されたのは、タイヤやホイールの破片と、ほかにも多くの金属片が混ざっていたという。それらがどの部品かを調べている最中にターミナルビルが閉鎖され、現地からの連絡が途絶えている。すでにパリは真夜中過ぎだ。空港の外にいる斉藤の携帯電話は別にして、パリの空港整備と連絡を取る方法がないだろうか。いまの状態では破損したタイヤと左ボディーギアについて、モーニングレポート前にパリ整備と詳細を打ち合わせることも、また対策を相談することもできない。

■０６４５■成田フライトサポート・ステーション

フライトサポート・ステーション《FSS》では日勤者との交代時間が近いので、山根の周りも騒がしくなってきた。パリ空港公団《ADP》からの電話連絡では、パリのターミナル閉鎖に関する正式な航空情報《NOTAM》が入ってくるはずであった。それを待っていると、二〇六便から対地データ通信装置《ACARS》メッセージが送られてきた。病人の容態がさらに悪化したのか。シベリア上空では何が起きても手の施しようもないだろう。シベリア上空では何が起きても手の施しようもないだろう。

先ほど連絡の病人――57K　タテヤマ・コウジ　男性　35歳　個人客　パリ成田――について。医師の呼び出しに申し出がなく、当便に医師の搭乗はないと思われる。現在の症状としては顔色が悪く、意識障害、特にめまい《バーティゴ》と吐き気《ナウシア》。トイレは2、3回、下痢《ディアレア》の可能性あり。熱は37℃、脈拍は78ただし不整脈はなし。元ナースのキャビン・アテンダントによれば、心臓発作あるいは脳梗塞などとは症状が違うとのこと。機内では何も飲食していない。到着前に空港検疫所に連絡をお願いする。以上。206便機長、朝霧

検疫所への連絡は、二〇六の到着前に日勤者にしてもらうとして、了解の旨の返信を送る。病人発生で気を遣っているクルーに、パリのターミナル閉鎖について知らせても、あまり意味のないことのように思われた。

デスクに戻ると業務日誌に病人発生の件を書き込み、八時からのモーニングレポートのために、ACARSのコピーをクリップで挟んだ。

前里がマグカップをいくつも載せた盆を手にやって来た。

「リーダー、新しいコーヒーが入りましたけど、いかがですか」

「ありがとう。もうそろそろ日勤と交代だな」

前里は軽く会釈しながらカップを受け取り、二〇六からまた来ましたよ、とACARSメッセージを置いていった。

病人の件、医師の搭乗はなかったが医療関係者から申し出があった。事情を説明したところ、自分は歯科技師であり専門外なので、アドバイスが間違っていると法的に責任を問われることになる。現在、生命の危機状態にあるわけではないので、協力できかねるとのこと。従ってこの先症状が悪化した場合、メドリンクに診断を要請する。ただし病名不明のため適切な処置がとれるかは疑問。到着時には救急車の手配をお願いする。以上。206便機長、朝霧

機内で人命救助と思って協力し、もし過失があったとされた場合は、現行制度ではそれに関わった乗務員はもちろん、援助を申し出てくれた医師あるいは乗客までも、責任を問われる可能性がある。

そのことが知れ渡って以来、クルーもいままでのようにはっきりとした意見を言わなくなってしまった。医療過誤に敏感なアメリカでさえ、このような場合、故意または重過失がなければ免責となる。昔は病人が出れば、わからないなりにもクルーが皆で手当をしたものだ。医療に関して法律的に非常にシビアになってきた最近の状況が、病人の症状の如何《いかん》に関わらず、法的裏付けがなければ何もできなくしてしまったのだ。

もちろん公式に緊急事態と判断されれば、処置が不適切であったとしても相当の考慮がなされ

るはずで、軽過失として免責になる可能性があるが、医療の専門家がいない機内で、誰が緊急事態と判断するのだろう。山根もこのことは知っていたが、まさか現実になるとは思わなかった。こうなるとメドリンクに頼るしかない。

メドリンクは衛星通信で連絡さえつけば、医師から適切なアドバイスが得られる。病人の容態が悪化した場合は、最適な医療機関がある最寄りの飛行場も教えてくれる。一人のアメリカ人女性看護師が始めたこのビジネスは、航空機利用者にとって非常に有意義なサポート・システムとして定着し、いまでは各国の航空会社から、年八〇〇〇回ほどの利用があるという。

ニッポン・インターでも、数年前に国際線での急病人の発生率が国内線の五倍を超えた時、このシステムに加入し、年に七、八回はサービスを受けている。

病人の症状が悪化した場合は、ハバロフスクに臨時着陸することになるかもしれない。しかし先ほどの整備からの連絡では、車輪の故障を抱え、それもかなりの損傷があると言っていた。バーストを知らないで着陸したら大変なことになる。ハバロ着陸は無理ではないのか。車輪故障などの緊急着陸前には、客室内での乗客の移動も考えなければならないだろうし、衝撃防止姿勢や緊急脱出《エバック》の準備も必要になる。ＦＯＸはなぜこのことを知らせないのだ。成田到着までとなると七時間以上ある。その間に乗客が死亡した場合は、たとえ過失がなくても事故扱いになって、会社には航空運送人としての賠償責任が生じてしまう。

ＦＯＸはＦＳＳの上部組織だ。ＦＳＳの中から一本釣りされた奴だけがＦＯＸに行っている。余計なことは言わない方がいい。山根はタイヤバーストには触れずに、病人の件了解の返事だけを二〇六便に送信した。

今回のACARSメッセージでは、特に業務日誌に書き込むべきことは言ってきていない。口頭で申し送りをすれば充分だろう。

「コーヒーはここにおいておきます。経費節約でコーヒーが来月からなくなるって、ご存じでした?」

交代の日勤は誰かを勤務表で見ていると、前里が二〇六からのACARSを持ってきた。

計器警報表示《EICAS》に、左ボディーギアの情報が示されず、ブランクになっている。パリ出発前には正常であった。EICAS画面の不具合か、実際の故障なのかこちらでは判断不可。整備の見解を望む。以上。206便機長、朝霧
どうして自分が当直の時に限って、こういう面倒なことが起きるのだろう。整備に電話を入れると、一時間ほど前にタイヤバーストのことで電話をかけてきた堀内がでた。

〈これでやっと通信ができます〉

ほっとしたように答えて、ほどなく返信の文面が送られてきた。

206便機長殿。パリ・シャルル《C》・ド《D》・ゴール《G》空港の滑走路26Rに、タイヤの破片が落ちていたとの連絡があった。検討の結果、当社206便の可能性が高いことが判明した。滑走路

上に残された破片から考えてバーストしたタイヤは5番とほかに1本、まだどのタイヤかは特定されていないが合計2本の可能性が考えられる。そちらのE－CASの左ボディーギア表示がブランクであることについては、信号線の断線と思われる。対策を鋭意検討中。以上。
成田整備、竹村

「こんなのがいきなり送られてきたら、『なんですぐに知らせてこないんだ』と機長は激怒するでしょうね」と出勤してきた日勤の担当者がのぞき込んで首を振った。彼は七月の人事でFOXへの異動が噂されている。

しかし五分待っても二〇六便からの返信はなかった。その間にCDGのターミナル閉鎖に関する第一種航空情報《クラスワンノータム》が届いた。運航上差し支えのある駐機場関係と、関連する誘導路の迂回路だけが記され、期間については不明、ターミナルの閉鎖理由にも触れていなかった。

山根が新しく入ってきたヨーロッパとアメリカの気象情報を整理し、日勤担当者に二〇六便の病人の件とCDGのターミナル閉鎖について引き継ぎをしていると、前里がカウンターに戻って来た。

「ロスからの〇〇一便ですが、三万八〇〇〇以上は揺れるとレポートが入ってきました。どうも今日は高い高度はだめなようです。二〇六から返事が来ました。朝霧キャプテンてずいぶん冷静な方ですね。それからモーニングレポートは、場所が三階のC会議室に変更になったそうです」

渡されたACARSのプリントに目を通す。

離陸時、コクピットで異常は感じられなかった。L3とL4のCAが離陸中に音と振動を感じ、脚の引き込み時にも普段より大きめのきしみ音があったという。共に異常に思えるほどではなかったとのこと。整備の判断を待つ。以上。206便機長、朝霧

現象しか書いてない。このような通信文に感情を記すと、相手に余計な手間と時間をかけることになると配慮しているのはわかるが、よくここまで冷静でいられるものだと半ば感心しながら読み返した。香りが立ちのぼるコーヒーを一口飲むと、文面をそのまま整備に流した。

五分後、管理課から電話が入り、モーニングレポートはいつもより三〇分遅れの「八時半から」と知らせてきた。ため息が出る。これで帰るのが三〇分遅くなった。

■0730■左ボディーギア

成田運航整備室では日勤の連中がぼちぼち顔をだし始め、挨拶の声や電話の音などで室内が活気を帯びてきた。この部屋は出発ラウンジの真下にあるので、駐機場側のドアを開けるたびに飛行機の騒音と、雨で湿気を含んだ空気が入ってくる。

パリの整備とは一時間近く経っても、連絡が途絶えたままだった。二〇六便についての情報不足は相変わらずだが、いままでにわかっていることだけでも整理して、この先の事態に備える必要がある。デスクの周りには、堀内をはじめ数人の整備士が集まり、発生から現在までを時系列順に並べ、引き継ぎのためのまとめに入っていた。竹村は二〇六便から送られてきた対地データ通信装置《ACARS》のコピーを手に取ると、再度自分の見解を述べた。

「機上の計器警報表示《EICAS》では、左ボディーギア以外は正常だと言ってきている。そうするとバーストしたタイヤは二本とも左ボディーギアのものに間違いない。わかっているのは左前の五番。もう一本はそれと並んでいる六番か、あるいは五番の後ろにある七番だろう。八番は脚柱を挟んで右後方になるから影響は少ないと思う」

七番タイヤは五番のすぐ後ろになる。五番がバーストしたときに、その破片を踏んでバーストする可能性は高い。五番と七番だと左ボディーギアの左側タイヤはすべてバーストしたことになる。いや、五番が最初にバーストしたとは限らない。最初に六番がバーストして、その影響で隣の五番がバーストしたのかもしれない。

もし左ボディーギアのタイヤ四本のうち、二本をバーストで失ったとなると、一Gの静止状態でも残りの二本は倍の加重を受け止めなければならない。ショックのない通常の着陸でも一・三Gぐらいの加重を受ける。そうなると単純計算でも三九トン、土砂を満載したダンプ二台分の重量が一本のタイヤにかかる計算だ。

「さっきも言ったけどな、滑走路に落ちていた金属片の数や大きさから見て、単にホイールが割れただけではないように思うんだ。何回も言うようだが、車輪が二つ同時に壊れたとなると、もっとダメージは大きいと考えた方がいい。機長のレポートでもきしみ音があったとある。まさかとは思うが、ブレーキロッドも外れているとは考えられないか」

ブレーキロッドはブレーキの力《トルク》を主脚に伝える役目をするもので、トルクチューブと共にブレーキシステムの骨格となるかなり大きな棒状の部品である。これらは回収されているのだろうか。滑走路上には落ちていなかったとすると、壊れた状態で、あるいは外れた状態のまま車輪格納室内に引き込まれたことになる。そこには油圧系統や電気系統の配管、配線があり、そばには燃料パイプもある。人間で言えば筋肉や神経、血管のようなものだ。そこに壊れた金属の棒状のものが、恐ろしい力で無理矢理つめ込まれたわけだ。どう考えても車輪故障だけで済むわけがない。受けたダメージはかなりのものになっているはずだ。

ダウンリンクされた結果はノーマルだという。良い方に考えれば、タイヤ以外はどこも壊れていないことにもなる。

矢野がパソコンの画面から不安げな顔を上げた。

「主任、これで着陸したら大変なことになります。でも上空を低空飛行してもらえば、自分なら片方だけ外れてぶら下がった状態を目視点検できると思いますが」

矢野も今回のトラブルの深刻さがわかってきたのだろう、声がうわずっている。北京便の機体点検を終え、雨に濡れたカッパを壁にかけていた確認整備士の田中が、顔の雨粒をタオルで拭きながら、矢野の隣に椅子を引き寄せた。

「それはそうなんだが、こいつがぶら下がっているのがわかったとしよう。でもそれをどうするかだ。そこまで考えないとな。シップからのレポートは《脚の引き込み時にも普段より大きめのきしみ音があった。共に異常に思えるほどではなかった》と言ってきている。この意味がわかるか。普通なら『機体とこすれるガリガリという振動』だとか『格納扉の閉まるギーという音』とか、なんらかの推測が付く。だがこのメッセージは現象面だけだ。振動や音の状況は、聞いたり伝えたりするのが非常に難しい。人によって取り方が違うだろうし、推測や疑問を交じえると間違った先入観を相手に与えてしまうからな。機上からのときは特にそうだ。原因究明やそれの対処方法は、上空では情報が少ないのに加えて酸素も少ない。自分では気が付かなくても思考能力が落ちている。地上の専門家たちのはっきりした頭で考えてほしい。朝霧機長はたぶんそう考えたんだろうな。整備としては少なくとも、どの程度の被害が出るか、ぐらいは予測する必要がある。そうでないとパイロットにアドバイスができないだろう。彼らは必ず聞いてくる。たとえば火災の発生はあるのか、このまま脚を降ろしたら、どのシステムに損傷を与えるか、等々だ」

原則として故障している部分は動かさない方がよい。動かしたことによって燃料パイプを傷めたり電線を切断したりしたら、空中で火の玉になる。

「ボディーギアを出さないで、ウイングギアだけでは降りられないんですか」

「いいこと言ってくれるね」

素朴な質問に田中が矢野の肩をたたいた。

「ボディーギアを降ろさないためには、ナンバー・ワン・ハイドロをアウトにすればいい。けど同じハイドロで作動する機首車輪《ノーズギア》も、降りなくなるのはわかるだろう。五脚のうちの二脚だけで、二三〇トン近い重量を支えられるか。強度的に保つかだ」

「そういえばずいぶん昔だけど、パン・アメリカン航空のジャンボが、サンフランシスコにウイングギアとノーズギアだけで着陸したことがあったな」

周りにいるほかの整備士からそんな声も聞かれた。あの事故ではノーズギアは降りたが操舵装置は動かなかった。それで滑走路を横にそれて土煙の中で停止した。幸いにも火災は発生しなかった。

「アンバランスな状態での地上滑走は、横に飛び出す危険がある。しかし矢野の言ったことも選択肢の一つに入れる必要があるかもしれない」

いま考えられている選択肢は、ボディーギアを降ろしての着陸か、胴体着陸かの二つだったが、ウイングギアだけで降りるという方法も、加える必要がある。しかしどちらにしても火災の発生は免れないというのが、この場にいる者の暗黙の了解だった。予想される破壊の程度を比べ、少しでも少ない方を取るしかない。今のところ二〇六便は何の問題もなく飛行している。竹村は脚の部分を作動させない着陸が、安全性は高いと考えていた。矢野の言った方法はいいかもしれない。最終的に決めるのは機長だ。

「主任、電話が入っています。二番です！」

誰かが部屋の向こうから声を上げた。OKと手で合図をして受話器を取り上げる。腕時計をみるとまもなく八時になる。モーニングレポートは三〇分からのはずだ。それまでにこの汚れたつなぎを着替えないといけない。

電話の相手はフライト《F》サポート《S》・ステーション《S》の、欧米路線担当のリーダーを名乗った。

〈夜勤の山根から申し送りを受けたのですが〉

ＦＳＳの日勤の交代時間は、整備より一時間早い七時だったことを思い出した。竹村はド・ゴール空港閉鎖で次のパリ行きの出発時間が変更にでもなったのかと、周りの騒音を避けるように右の耳をふさいだ。しかし彼の用件は空港閉鎖のことではなく、二〇六便の状況についてだ。

「まだ詳しいことがわかっていないので、何とも言えませんが」

竹村は話しながら二〇六便からの定時ダウンリンク記録を探したが、テーブルに置かれた図面や書類の中に混じってしまったのか見つからない。手元にないということはランディング・ギアの不具合以外はノーマルだったことになる。

「緊急事態は間違いありません。これはあくまでも最悪の場合ですが、火災も考えられますので、その辺のところも考慮に入れておいてください」

〈それは初耳です。こちらにはまだ連絡が入っていませんが、二〇六は緊急事態を宣言したのでしょうか〉

「いや、まだだと思います」

〈実は二〇六の機内で病人が出ているのです。着陸後に救急車が必要と言ってきています。しかし事態は私たちが考えていたよりも深刻なようですね〉

「成田に降ろすとなると、滑走路閉鎖が生じるかもしれません。それでパリ行きの出発時間に変更はあるでしょうか」

〈運航統制本部《FOX》から変更の連絡は何も入っていません。特に問題ないんじゃないでしょうか〉

相手は言葉の割には、二〇六便の車輪故障についてあまり関心を持っていないように感じられた。竹村は電話を終えるとパリ便の出発準備は定刻予定と伝え、解散して交代を始めるように指示した。

「あいつら定刻で出発できると、本当に考えているんですかね」

堀内はため息まじりにつぶやくと、出発機材のリストが書かれた壁のボードに目を向けた。

「切る理由がないんだろう。FOXが出発できるとしているんだからな。二〇六よりもパリに近づいてまだターミナルが閉鎖状態だったら、目的地をロンドンに変更するとか、そっちをいろいろ考えているんじゃないかな。ともかく定刻に出すことにしたいんだろう」

「申し送りに、搭載燃料の変更の可能性を加えておいた方がいいですかね」

「それはFOXが決めることだ。心配は二〇六便だ。あれが成田に降りるとなると、かなり長時間滑走路閉鎖になる。当然それ以降の便は影響を受けることになるな。もしパリ便が出られなくなるとしたら、CDGの閉鎖よりもこっちの方の原因だろう」

「主任は二〇六をほかの飛行場に降ろした方がいいとお考えですか？」

「うーん、昔は機長が決めたもんだがな。いまじゃそれも、FOXの何もわかっていない連中が決めるんだろうな。地上の支援態勢を考えると、成田以外には羽田しかないけどな」

あとが困るのは羽田も同じだが、羽田には三〇〇〇メートル級の滑走路が二本ある。たとえ胴体着陸をしたとしても、成田のように離発着が長期間止まってしまうことはまずないと思われた。そう考えると羽田に降ろすのがいいのかもしれない。

「でも主任、うちらは八時で交代ですし、あとはモーニングレポートだけです。申し送りはするとしても、その辺のとこはお偉いさんたちが決めるでしょう」

「それもそうだ。俺たちが口を出しているのもいまのうちだけだ」

モーニングレポートを済ませれば終わりだ、と思うと気が楽になった。日勤の課長から、藤倉《ふじくら》部長と話があるので、引き継ぎを済ませておくように電話が入った。時計をみるともう八時二〇分を過ぎていた。

「俺は八時半からのモーニングに出なきゃならないから、引き継ぎを頼めるかな。交代が終わったら君も顔を出してくれ」

「ええ。それから今日は二〇六のバーストの件があるので、モーニングはC会議室に変わったそうです。あそこなら広いですから、矢野にスクリーンとOHPを用意させておきました。図面を拡大して映せますので」

竹村は書類をまとめると会議室に向かうため廊下に出た。

「主任、パリの斉藤からです」

二、三歩歩きかけたとき、ドアが開いて後ろから堀内が追いかけてきた。

〈主任、お待たせしました。まず騒ぎの発端ですが、あ、それよりも今よろしいですか?〉

声が若干震えているように聞こえる。

「ああ、かまわない。何か新しい情報が入ったのか？　こちらのニュースではまだ何も言っていないので全くわからないんだ」

〈こちらでもまだニュースには流れていません。それでポールが空港警察の友達から聞いてきた情報です。ターミナルビルが閉鎖されたのは、放射能に汚染されたためらしいです〉

「放射能に汚染？　テロか？」

〈わかりません。いま軍と警察で調べていると言ってました。ポールの話ですと、警察に通報があり、空港を特別警戒している軍が、ターミナルビル施設で放射能を検知したと言ってました。それでちょっと伺いたいんですが、これって、核テロに関する文書が日本から来てましたけど、あれと関係あるんでしょうか？　今朝見たんですが……〉

「ああ、俺もさっき読んだばかりだ。まさかとは思うが、汚染されたのはビルの中か？」

これはひょっとすると核テロかもしれない。

竹村は話しながらいやな予感におそわれた。

〈ターミナル施設とだけ言ってましたので、それがどこまでを指すのかわかりません。すでに除去作業に入っているということですので、安全が確認されればまもなくオープンすると思います〉

「斉藤、おまえそこにいて大丈夫なのか？　もういいから早く避難した方がいいぞ」

〈いえ、ここまで離れていれば大丈夫です。放射線の強さは距離に反比例すると、学校で習った覚えがあります。すでに放射能の専門家も来たようですし〉

「また何かあったら大変だから、もう空港から引き上げるんだ。あとはＦＯＸから情報をもらうから。空港当局も何か言ってくるはずだ。早いとこ帰れ」

〈わかりました。それよりここも追い出されそうです。軍が制限地区を広げたみたいです。何かニュースが流れたらまたご連絡します〉

竹村は受話器を耳に当てたままFOXの番号を押した。しかし話し中でつながらない。後まわしにしてFSSのヨーロッパ・カウンターを呼び出した。

〈おはようございます。ヨーロッパ線カウンター、担当大崎《おおさき》です〉

若い男の声で返事があった。パリのターミナル閉鎖の最新情報を尋ねたが何も入っていなかった。非公式な情報だがと断って、放射能汚染のことを伝えると、大崎は〈すぐに上司に報告します〉と慌ただしく礼を言って電話を切った。

竹村はエレベーターホールへ走ったが、すぐに引き返した。更衣室に飛び込んでいままで着ていたつなぎを回収箱に放り込み、クリーニングからあがってきたばかりのブルーのつなぎに着替えて、階段を駆け上がった。

■1010■成田空港C会議室

成田空港支店三階のC会議室で、竹村は周りを包む空気の重さを感じていた。入って左のスクリーンには、二〇六便の主脚部分の拡大図が映し出されたままになっている。右側には隣の会議室から急遽《きゅうきょ》持ち込まれたホワイトボードが据えられ、ド・ゴール空港のターミナル閉鎖と、放射能汚染に関する情報が書き込まれていた。

八時半に始まったモーニングレポートは、ターミナル・ワンが閉鎖になり、業務に支障が出ているという旅客部からの報告に続いて、二〇六便のタイヤバーストについて論議され、竹村がその解説に当たっていた。

「主脚のボディーギアに残っている二本のタイヤのうち、一本が着陸のショックでバーストした場合ですが、残った一本は着陸の加重に保たないと考えた方がよいと思われます」

「竹村さん、ホイールが滑走路と直接接触したら、二〇〇五年九月にロスアンジェルス空港で起きたジェットブルー航空のように、猛烈な火花を散らしますかね」

議長役の成田空港支店副支店長の寒川良雄《さむかわよしお》が尋ねた。

「いや、あのときとは速度も重量も桁違いです。今回は時速二六〇キロに二五〇トンくらいになると思います。あのときは機首の車輪《ノーズギア》でしたが、二〇六の場合はボディーギアですから、約六〇トンの加重がかかっています。あんなものでは済まないと考えます」

ことの重大さを理解していないような意見に、堀内が口を挟んだ。

「最悪の場合を考えますと、車輪を失った台車が脚柱から引きちぎられて、辺り一面にバラバラになって飛び散ります。それが周りのものを次々と壊すと思います。当然燃料タンクにも穴が空き、燃料が吹き出して火の玉か大爆発の可能性があります。それも一瞬のうちに起こりますから、胴体着陸しても、結果はあまり変わらないかもしれません。胴体着陸の場合は四つのエンジンが翼からもぎ取られて、辺り構わず飛び回るでしょう」

たとえば新幹線が走行中に片側の車輪が二つ外れたらどうなるか。時速二六〇キロのエネルギーは台車を壊すどころではない。車両そのものをバラバラにしかねないほどの、威力であることがわかるだろう。

胴体着陸というのは、列車が脱線したのと同じようなものだ。一切のコントロールが効かず、翼から吹き出した燃料は滑走路を火の海にするだろうし、もぎ取られたエンジンがあたりを飛び回るだろう。竹村の頭の中に黒煙を吹き上げ、爆発を繰り返しながら滑走路上を転がっていくジャンボ機の像が浮かんだ。

しかし肝心の故障箇所の詳細が不明とあっては、想像するだけで決め手がないのが現状なのだ。そこへ放射性物質がニッポン・インター二〇六便に持ち込まれた可能性があるという、それこそ降って湧いたような情報が、パリの空港警察から空港公団《ADP》経由で入ってきたので、すべてが振り出しに戻ってしまった。

唯一の救いは、サテライト・スリーの地階にあるニッポン・インターの運航事務所が、汚染から免れていたという連絡だった。もっとも、ターミナル・ワンに付随する旅客施設は、依然クローズのままだ。

楕円形に並べられたテーブルの正面中央に、恰幅がよい副支店長の寒川が座り、三席おいて左に、羽田から駆けつけた運航統制本部《FOX》夜勤責任者の柳沢英二課長と、その部下の坂井主席が席を取っている。

成田整備の藤倉次郎部長は背広姿だが、左隣には背中にＮＩＡのロゴが入ったブルーのつなぎを着た、夜勤責任者の竹村主任、竹村の後ろに控えるように堀内主査が座っている。

寒川の右手には、二席おいて成田空港支店旅客部の副部長瀬田《せた》智文《ともふみ》、成田フライト《F》サポート《S》・ステーション《S》の小野田雅人《おのだまさと》課長、昨夜の夜勤責任者兼欧米路線担当の山根リーダーなど、各部署からの担当者が難しい顔で並んでいる。また、羽田からの連絡によれば、航務本部の管理職乗員が出席するという連絡が入ったが、まだ顔を見せていない。

「いまパリから言ってきたことを、誰かもう一度説明してくれないか」

寒川がＦＯＸの夜勤責任者、柳沢に促すような目を向けた。竹村は寒川をこんなに近くで見るのも、話をするのも初めてだった。ゴルフ焼けの顔には、いつも空港のロビーで見せているような笑みはなく、血色も悪い。

柳沢は隣にいる部下となにか小声で言葉を交わすと、咳払《せきばら》いをして手にした書類を二、三ページめくってから立ち上がった。

「タイヤの破片が見つかったのが現地時間の……」

「柳沢課長、そのことじゃない。二〇六便に持ち込まれたという放射能のことだ。核テロに関する文書が来ていたが、関係あるのかどうかを知りたいのだ」

しかしここに放射能に関しての専門家はいなかった。柳沢はちょっと言葉を詰まらせたが、書類を机に置くと寒川の方に向き直った。

「私は放射能の専門家ではありませんので、ご説明は控えさせていただきたいと思います。まもなく羽田から人がくると思いますが……、私が手配しておきましたので」

課長のわりには生意気そうなしゃべり方をするその声に、竹村は聞き覚えがあった。

「専門的なことでなくていいから、誰か説明してくれないか」

寒川の視線が、今度は竹村に留まった。放射能の説明も必要だろうが、着陸装置の故障をどうするか、そのために自分はここにいるはずなのだ。その結論はまだ出ていない。そちらの話し合いが先ではないか。違和感を覚えながらも、多くの視線に押されるように立ち上がった。

「放射性物質についての私の知識と申しましても、機体やエンジンの非破壊検査に使う放射線程度のものです。あまりお役には立たないと思いますが」

竹村はそこまで言うと一同を見回した。皆の目が次の言葉を待っている。

「ド・ゴール空港で検知された放射線の種類ですが……」

ドアが軽くノックされたので竹村が言葉を切ると、グレーの背広に同系のネクタイを締めた初老の男が、女性職員に案内されて姿を現した。竹村の知らない顔だ。

「失礼します。運航本部安全推進室の岡部雄二《おかべゆうじ》と申します。遅れましてすみません」

集まった視線に驚いたのか、髪が不自然に薄くなった頭をぎこちなく下げた。

「こちらへどうぞ」

丸く並べられたテーブルの、窓を背にして正面に座っている寒川が、手招きして椅子を勧める。

岡部は骨っぽい身体をかがめ、副支店長の右隣の席へ向かいながら、知っている顔をそれとなく探しているようだった。

誰にともなく会釈しながら、勧められた席に着席するとＦＯＸの柳沢が声をかけた。

「岡部さん、お体の方はよろしいんですか」

その声が、今朝の電話に偉そうに答えたＦＯＸの男だ、と竹村は思い出した。岡部が親子ほど歳の違う柳沢に頭を下げた。

「……あの方は病気で長いこと休職されていて、二年前に復帰されたんですよ。うちの部長と同期入社と聞いていますから、今年が定年じゃないかな」

左隣からＦＳＳの山根がそっと教えてくれた。見るところ山根も五〇過ぎだ。そろそろ定年や、早期退職制度のことが気になっているのだろう。

岡部がバッグからパソコンを出して机の上に置き、席に着いた。

「その、今日は何を」

柳沢が改まって聞いた。

「はい。室長からすぐに行くように言われましてね」

「この会議のことは、聞いてこられましたか」

「ええ、現地時間の昨夜、パリの空港で放射線が検知され、今朝になって当社の便に放射性物質が持ち込まれた可能性があるとの情報があったと伺いました。そのための対策と聞いておりますが」

柳沢は大げさに相づちを打ちながら聞いていたが、「ほかにはどんな情報を」とたたみかけるように質問した。

「本社の海外事業本部に、パリ当局からテロの可能性もあるとの連絡が入った、と伺っています。それと二〇六《にいまるろく》にはギアの故障もあるとか。あとは」

「そうではなく、テロも含めたあらゆる可能性ですね。で、いま安推室で何をなさっていらっしゃるんですか？　このまえ千葉室長のところへ伺ったときには、庶務的なことを何かなさっていたようにお見受けしましたが」

「経理だけでなく、テロ関連の仕事もしてますので」

岡部がトーンを落として答えると、柳沢はそれについて何も言わず、ただ大きくため息をついただけだった。

「羽田から遠いところをご苦労様です。副支店長の寒川です。現在何が起きているかはご存じのようなので、説明は省かせてもらいます。羽田ＦＯＸの柳沢課長はご存じのようですが、あなたがちょうど部屋に入ってきたときに説明していたのが、成田整備の竹村主任です。今日は放射能のこともあるのですが、昨日起きたタイヤの問題もあって、実際の状況を知っている当直担当者の出席をお願いしてあるのです。ですからいつものメンバーとはちょっと違うのですが、ほかの方はまたその都度ご紹介しましょう」

話の途中に割って入ったと知って、恐縮しているのだろう。岡部はこちらに向かって頭を下げた。竹村の耳に、柳沢が部下の坂井に耳打ちしている小声が聞こえてきた。

「キミは安推室の千葉室長に何て言ったんだ。こんなことなら俺が電話すればよかった」

どうしてこんなところに岡部がしゃしゃり出てきたのだ。

柳沢は千葉室長から以前、聞いた話を思い出した。

安全推進室の主な業務には、世界中で起きる航空事故の情報を、社報や安全誌を通じて社員、特に直接運航に関わる現場に紹介するということにある。それには国際民間航空機関《ICAO》、政府機関、メーカー、米国家運輸安全委員会《NTSB》、エアライン、航空安全財団《FSF》等の財団や大学の研究機関などいろいろなチャンネルから情報を入手しなければならない。そして事故原因と防止策などを分析し、さらにわかりやすく解説するには、かなりの技術的専門知識が要求される。そのため現役のパイロットや整備、運航管理などその道の専門家、あるいはOBが集められている。岡部のように文科系で、特に専門技術を持たないものが、籍を置いているのは珍しいことだ。

しかし同時多発テロ以来、組織にわずかだが変化が生じはじめていた。航空機テロの予防や、テロが絡む事故の防止策となると、運航や整備に関しての専門知識は必要であっても、生かせる範囲が限られていることに内部では気が付きはじめたのだ。

航空事故があると乗客が減る。これは昔からわかっていることで、安全のために事故防止につとめてきた。最近は航空事故がなくても、テロが怖いという心理的理由で、航空需要が伸び悩んでいる。

一時より回復しているとはいうものの、アメリカの航空会社が業績不振で次々と破綻しているのは、原油高もあるが需要の伸びが予想を下回っている影響も大きい。生き残るためには経営努力の必要性が叫ばれるが、ともすれば安全性を損ないかねず、逆効果に陥りやすい。

発想を変えて、会社独自の有効なテロやハイジャック対策を示し、利用者に安心感を与えたとしよう。すると業績回復に結びつくのではないか。目に見える形での対策が示せない会社からは乗客の足が遠のく。ミサイル回避装置まで備えているといわれるイスラエルの航空会社が、いまでは一番安全な航空会社という説もあるほどだ。

ニッポン・インターも同じ必要性に迫られていた。まだ会社として動くまでには至っていないが、安全推進室としては、テロを含む航空犯罪の情報収集を始めることとなった。実際には航空テロと分類される事故情報はごく少量なのだが。

休職から復帰した岡部が、以前籍を置いていた騒音公害対策室は、組織改編ですでになくなっていた。普通なら早期退職制度の利用を周りからも強く勧められるし、本人もその気になるところだ。しかし、千葉室長が「室長付」というポストをつくり、安全推進室に迎えたのだ。岡部とどれほど懇意かは知らないが、千葉室長は私情にとらわれたと評価を下げても仕方あるまい。

いわば閑職だったこの岡部が、テロ情報収集の役を兼務することになったのだろうが、社の一大事というときにこの程度の人間しかいないとは、実に情けなくなる。

「岡部さんがみえたとき、整備の竹村主任が放射能についての説明の途中だったんですよ。着いて早々で悪いですけど、引き継いで説明してくれませんか。竹村主任、いいですね？」

「もちろんです」

竹村は寒川に声をかけられ、席に着いた。タイヤバーストのことだけでも皆にわかってもらうのが大変なのに、放射能のことをどう説明したらよいものか迷っていたので、内心ほっとした。パソコンの画面に見入っていた岡部が、ゆっくり立ち上がろうとするのを、寒川がそのままでと手振りで抑えた。

「はい。ド・ゴール空港で見つかった放射線はガンマ線とベータ線です。それからアルファ線も確認されたというメールをいま受け取りました。放射性物質は一般的に不安定な状態にある物質でして、最終的には鉛のような安定した物質に変わっていきます。その変化の過程で自分の持つ電子や陽子、中性子などを調整します。そのときに放射線を出したり熱を出したりするのです」

竹村には、岡部がこの場で放射性物質について説明する必要性が、全く感じられなかった。いましなければならないのは、上空で起きていることの対策ではないか。勉強会ではないのだ。安全に降りる方法を早く考え出さなければならない。その方が放射能よりもはるかに重要だろう。

それなのになんで皆黙って聞いているのだ。寒川が遮《さえぎ》った。

「それで当社便に持ち込まれた、いや、その可能性があるというのはそのうちのどれなんだね？」

「先ほどまでの情報から考えますと、最悪の場合はすべてだと思います」

「すべて？　三種類もの放射能を出す物質というと？」

「放射線の種類が多いということは、何種類かの放射性物質が混ざった可能性が考えられます。たとえば……例はよくないですが、私の時代の言葉で言いますと、死の灰と言われているようなものです」

どよめきが広がった。ずっとうつむいていた柳沢が顔を上げ、手に持ったペンの先で岡部を指した。

「それはないでしょう。最近の核兵器は地下実験か臨界前核実験ですよね。死の灰は出ないんじゃないですか？」

「いえ、考えられるのは原子力発電所か、プルトニウムを取り出すための核燃料再処理施設からのものです。たとえば一〇〇万キロワットの原発というと日本では標準的な規模のものですが、そこから出る廃棄物、つまり死の灰ですが、一年間に広島型原爆の一〇〇〇発分ともいわれています。日本の原発だけでも四万五〇〇〇発分の死の灰を毎年出していますから」

寒川の長いため息がながれた。

「死の灰が機内に持ち込まれたということか」

「パリからの情報が少なすぎるので、あらゆることを想定しなければなりませんが、放射能の種類から考えると可能性があります。それから政府機関への連絡はどうなっているのでしょうか。何か連絡はありましたか」

柳沢は大げさに肩をすくめて見せた。

「いやいや恐れ入りました。まだ当方もよく内容を理解していないし、それにこれが初めての会合で、社のトップも何が起きているのかまだ知らないか、やっと知った頃かと思います。詳しいことはこの会議が終わった時点で、私が本社の秘書課と広報へ報告をすることになっています。テロということですと、フランス当局から警察庁の治安部か、法務省公安部あたりに連絡がいっているとは思うのですが、こちらへはまだ何も言ってきていません。ということは信憑性を確認しているんでしょう。いますぐ政府機関へ連絡する必要がありますでしょうかね。これが公になった場合は我が社にとってかなりの痛手になりかねません」

「とするとキミはこの件は本社の決断を必要とすると？」

寒川が目を丸くして、柳沢を見つめた。

竹村は聞きながら皆の認識に開きがありすぎると感じた。問題は誰が決断するとか我が社のとかいう次元ではない。純技術的に早く準備し対処しないと取り返しのつかない事態になる。寒川はこの会議をどうまとめるつもりなのだ。

岡部が言葉を挟んだ。

「でもこうなった以上、すぐに政府に連絡した方がいいように思いますが」

柳沢が鋭いまなざしを向けて、言葉をかぶせた。

「政府はもう知っていると思いますよ。フランス当局から当然連絡が入っているはずですから。それにこれは岡部さんがお考えになられているような、原子力機関からの放射能漏れと同列の扱いとは、違うと思いますよ。いまの段階ではただ放射性物資が飛行機に積まれた可能性というだけでしょう。テロと断定されたわけでもないし、機上で放射能が出ているとも限らない。タイヤにしたって滑走路で破片が見つかって、それもたぶん二〇六便のだろうというだけで、機上からは不具合点もレポートされていない。これでは政府に知らせたくても、確証もないのに無理ですよ」

「しかしパリ空港当局は、当社便に放射性物質が積まれた可能性があると警告してきたんだろう。それに対する対策を何かしないわけにはいかないじゃないか。いま柳沢君が言ったように政府も何が起きているかは把握しているだろうし、そのうち問い合わせも来るんじゃないか。放射性物質というのは、どんな形をしているのか聞かせてくれないか」

寒川が質問のかたちで岡部に説明を続けさせた。

「放射性物質は固体、液体、気体といろいろな形で存在します。その多くが金属ですから、固まりや鉱石のままで運搬できるものもありますし、粉末も瓶や缶に入れて運べます。溶かしたものは水溶液にもなります」

「ちょっとよろしいですか」

柳沢の向かい側に座っている旅客部の瀬田副部長が、ノートを見ながら手を挙げた。細身のわりには濃い眉毛にひげのそり跡が青々している。

「今回の場合はターミナル・ワンの入り口、ターミナル内の二四番通路とカウンター、サテライト・スリーの四番ゲートと、会社《うち》が使っている施設で放射能が検知されているようですが、すべて旅客の通り道といえます。ですからキャビンへの持ち込み手荷物として、つまりおみやげを入れる袋や手提げ鞄などに入れて持ち込んだのでは、と考えているのですが、この場合どのような形が考えられますかね」

「分量や放射線の強さがわかりませんので、大きさの予測ができません。気体の状態だと通常はボンベに詰めてありますので、これは機内持ち込みは難しいと思います。しかし粉末の場合、たとえばセシウムやコバルトなどは、だいたい細くて小さい金属製の入れ物に入っていることが多いです。それと金属のプルトニウムなどは、固まりのままならそのままでも大丈夫ですが、小さい破片や粉末は空気に接触すると自然発火しますので、不活性の気体が充塡《じゅうてん》されています。液体の場合は酸性の液体に溶かして水溶液にします。もっとも入れ物が金属だったらエックス・レイで引っかかって、機内には持ち込めないと思いますけど」

「そうですね、中に入っているものが何であろうと、その入れ物が凶器に準じると思われなければ、引っかからないのではと思います。パリからの連絡によりますと、機内に持ち込まれた可能性はかなり高いとのことです」

会議室にノックの音が響き、先ほど岡部を案内してきた女性職員が書類を手に顔をのぞかせた。柳沢と寒川副支店長の両方が手を差し出したので一瞬困ったようだったが、軽く首を振ると「竹村主任宛てです」と断って、中に入ってきた。渡された書類はパリの斉藤からのFAXで、パリの空港警察が一時間以上前にADP経由でFOX宛てに送ったメールのコピーだった。

「柳沢課長にお伺いしたいのですが、放射線は酸性の液体から出ていたことをご存じだったのですか。このFAXによると、東京には知らせてあると書いてありますが」

「ええ、知ってましたよ。それが何か？」

柳沢は答えたときにちょっと顔を上げただけで、ノートになにか書き続けている。あの歳で本社管理職なのだから秀才なのかもしれないが、その生意気な態度はいったいどこから来るのか。

後ろから堀内が「隠し事ばかりしやがって、気に入らねぇやつだ」と小声で耳打ちしてきた。放射性物質の特定が遅れれば、それだけ被害が広がる。ＦＯＸならそのくらいのことは知っているはずだ。我々に知らせたくない何かが、まだあるのか。

寒川が「どういうことなんだ？」と声をかけてきた。

「はい。失礼しました。最初に二〇六便が使用した搭乗ゲートから放射能が検知されたという連絡が入った時に、空港のあちこちに放射性物質をばらまいた方法がわかりませんでした。粉末にすれば飛び散ってしまうだろうし、靴に付いた泥のようなものならカウンターの上に付くはずがないと……。液体としてなら先ほどの岡部さんの説明をあわせて納得がいきます」

ＦＡＸを左隣の山根に渡し、回覧するようにしてもらう。受け取った岡部は顔色を変えた。

「柳沢課長、早く放射線源を確定して隔離しなければ、機内での被曝《ひばく》がどんどん広がる可能性があります。恐れ入りますがほかに何か隠していらっしゃる情報がおありですか。もしお持ちでしたらいますぐにこの場で公開していただきたいです」

「隠している？　とんでもない。そんなことは、とっくにご存じかと思っておりましたが」

「酸性の液体だと、岡部さん、どういうことが考えられるのですか」

寒川が割って入った。今は言い争っている時ではない。

「あくまでも私の推測ですが、たとえば死の灰を溶かした硝酸溶液などが考えられます。原子力発電所などから出た使用済み核燃料を、再処理するのに硝酸溶液を使うからです。ただ機内に持ち込まれたとすれば、かなり薄められたものでしょうけどね」

「それはどのくらい危険なのかね」

「安全な核物質というものはありません。今のところ核種や放射能の強さがわかりませんので何とも言えませんが、原子炉は二〇〇種を超える核生成性物質を生み出しますので、いろいろなものが溶け込んでいる可能性があります。ですから何度も言うようですが、核種が確定できないのであれば、ともかく一刻も早く隔離した方が。でないと被害は広がります」

会議室は空調の音が耳障りなほど静まりかえっている。寒川が「そうか」とつぶやいたのが会議室にいる皆に聞こえたほどだった。岡部が腰を下ろしても質問をする者もなく、しばらくは誰も口を開かなかった。皆、何を言えばいいのかわからず、途方にくれているのだ。女性職員が皆にペットボトルに入ったお茶を配って、一礼すると出て行った。

「それで、機長にはなんと伝えてあるのかね」

寒川が柳沢に目を向けた。

「機長？」

柳沢は意外だというような顔を見せ、隣の坂井から手渡されたメモを一瞥《いちべつ》した。

「機長は機上でほかの無線を傍受して、パリがクローズになったことを知ったようなので、『パリで放射能が見つかった』と教えてあります」

坂井が慌ててメモの頭の部分を指さし、何か耳打ちした。

「正確に申しますと、先ほど指示いたしましたので、まもなく伝わる頃だと思います」

「持ち込まれたとは伝えてないのか？」

「この段階で機長に伝える必要など、全くないと考えます。まだこちらで確認がとれたわけではないので」

「確認はパリのＡＤＰとうちの運航事務所の報告だけではだめかね。双方がターミナルの床やサテライトで放射線が検知されて、二〇六便が使用した搭乗ゲートのカウンターからも、放射能が見つかったと言っているんだろう。それで充分ではないのかね」

「いやいや、入れ物とか大きさとか、もう少し具体的に何かないと。まだ色も形もわかっていませんし。しかしそれがわかったとしても、知らせたところで、機長ができることなど何もありませんよ。放射能では手の打ちようがないと思います。検査器もないのに、どうやって放射能があることを知るんですか。いままで難しいことをいろいろ伺いましたが、そういうことはこの段階では役に立たないのです。どうすればよいかがなかったですから。それに機長がばたばた慌てて乗客に知らせたりしてごらんなさい。放射能と一緒だと知ったら、大変なことになりかねません」

「そうするとなにか、機長はそのことを知ってから着陸までの間に車輪の故障と、この放射能の問題を同時にかたづけなきゃならんのか。早く知らせておかないと時間がないだろう」

「お言葉ですが」

柳沢は出席者を見回した。

「いろいろご意見はあるとは思います。しかし、このような場合に不確実な情報を流すことは、いたずらに心配や混乱を招くだけだということを、お聞きになったことはございませんか？　緊急時の情報は一元化するのがまず基本です。もしも、もしもですよ、いろいろなところから断片的な情報が機上に届けられたとしましょう。皆さんが機長でも、いやどなたでもたぶん同じだと思うんですが、情報の信憑性を疑い、ひいては混乱してしまいますよ」

情報を管理するのはＦＯＸであってほかの部署ではないというのだろう、柳沢はトーンを上げた。

「混乱を避けるためにもほかの部署から勝手に通信はしないでいただきたい。必ずＦＯＸに連絡を入れてからお願いします」

竹村は、議題が二〇六便の緊急事態から、全く関係ない方向へ移っているように感じ始めていた。岡部がもう黙っていられないというように口を挟んだ。

「政府機関から問い合わせがくる前にでも、こちらから連絡をとるべきです。放射性物質でしかも核種がわからない以上、どんな少量でも乗客への被曝の危険があります。社内でかたづけられるような問題じゃないと思います。早く手を打たないと大変なことになります」

また空調の音が耳障りになった。岡部のそばにいたら、彼の大きく荒れた息遣いが聞こえたかもしれない。柳沢が口を開いた。

「何回も言うようですが、機内に持ち込まれたという確証はまだありません。仮に放射能が漏れているとすれば、持ち込んだ本人も被害を受けるわけで、放射能漏れがないような手だてがされている、と考えるのが妥当でしょう。放射性物質については、もう少し情報が入るのを待ったらいかがでしょうか。政府機関は当然知っていると思います。こちらから知らせるかどうかは、本社の決定に任せるのがよいと思います。ここでは情報収集と対策に専念すべきです」

竹村はたまりかねて発言をした。

「早く安全な着陸方法を考えてシップに知らせないと、それこそ手遅れになると思いますが」

寒川が壁の時計を見上げた。

「いま、二〇六便はどの辺を飛んでいるんだ？」

■1040■二〇六便

二〇六便はハバロフスクまであと二五分のシベリア上空を、高度一万一一〇〇メートルで薄い飛行機雲を引きながら飛行中だった。

片手でカーテンを開け、機内調理室《ギャレー》に入った太田鈴江《おおたすずえ》は、最後のトレーを食器カートの棚に入れてカウンターの下に押し込むと、滑り出てこないようにつま先で車輪のロックをかけた。エコノミークラスでは何人かがコーヒーのおかわりを言うくらいで、通常ならキャビン《C》・アテンダント《A》たちがほっと一息つく頃だ。

「一応メモは挟んできました」

鈴江は免税品販売のチェックをしていたエコノミークラス・パーサーの今川由香《いまがわゆか》に報告した。57K席の日本人男性は、乗り込んですぐに具合が悪いと訴えてきた。できる限りの手当はしたが容態はよくならず、病名の判断さえつかない。メドリンクに頼むと聞いていたが、鈴江の立場ではその後のいきさつはわからない。先ほど食事のサービスに行くと、よく寝ていたようだったので、〈お食事の用意はできております〉というメッセージを座席に挟んできたのだった。

由香は、目覚めたときにいつでもサービスできるように、食事はチルドのままにしてあると伝えた。鈴江はその乗客のことも気がかりだったが、忙しさが一段落したいま、タイヤがパンクしたことがまた頭から離れなくなった。

「エマージェンシーは初めてなんです。どうも落ち着けなくて」

「心配しなくて大丈夫よ。前にもあったでしょう。その時はかなり心配したけど、なんでもなかったもの」

「え、今川さんはその便に乗務していらっしゃったんですか？」

「便乗だったの。でもみんなで協力して乗り切ったわ。もうすぐチーフ《C》パーサー《P》から説明があるはずよ。……スーの香水、いい香りね。どこの？」

「香水じゃないんです。バス用のハーブ石鹸なんです」

運行宿泊《ステイ》明けのホテルで、身体の疲れがとれていなかったり、気持ちが落ち着かない乗務前のひとときを、リラックスして過ごすにはどうすればよいか、いろいろ試した結果がこの方法だった。今日も湯面が盛り上がるほど泡立てたバスタブで、たっぷりと香りに包まれてきた。ハーブの種類はその日の気分によって変える。

鈴江は入社二年目でまだ契約社員としての年季奉公があと一年残っているが、来年の終わりには正社員になれる。仕事もこなせるようになってCAとしてはどうにか中堅といわれる立場にあった。三五人の同期のなかで辞めた仲間はまだ二人しかいない。社内では遠慮しながらも、最も華やかな時を過ごしている年代といっていいだろう。

鈴江は由香の計算の仕事を邪魔しないよう、軽く会釈して左側通路に出た。キャビン後方L5ステーションの佐々野昭子《ささのあきこ》のところへ行き、通路で男性客と話をしていた彼女を脇に呼んだ。

「ショウ子、タイヤのパンクのこと、何か聞いた？」

「別に聞いてないわ。どうせいつものように大げさなのよ」

「それならいいけど。それから57Kの男性、ますます顔色が悪くなっているように思えない？ショウ子にも見てもらいたいの、いいかな。まだ何も口にしていないのよ。脱水症状にならなきゃいいけど」

「そう。ちょっと見てくるわ。ここお願いね」

昭子とは同年度入社だが、鈴江の方が訓練が半年早かったのでセミ同期という間柄だ。鈴江は昭子の後ろ姿を見てそっと背筋を伸ばした。学生時代にファッションモデルをしていたという昭子は、振る舞いが美しい。身長は変わらないのに鈴江より背が高く見えるし、スタイルがよいと言われるのもそのせいかもしれない。昭子がキャビンの通路を歩くと、ほとんどの男性客は顔を上げるというのは本当だった。最近はソムリエの資格を取ると言って、ワインに凝っている。

鈴江も昭子に影響され、この二年間で身につける品にもこだわるようになった。ラインを飛び始めた頃は見よう見まねで口にしたワインも、最近では食事の時に、ワインリストから銘柄を選ぶことができるようになっていた。最初の頃はヨーロッパが好きではなかったが、古く落ち着いた風土に馴染んでくると、いまでは欧州路線が楽しみだった。

「57Kの人、大丈夫よ」

戻ってきた昭子は、特に顔色が悪くなったとは思っていないらしい。

「リサさんが注意して見ているはずだし。彼女、ナース出身でしょう？」

アテンダント・コールのチャイムが鳴った。

「あの鳴らしかた、きっと間違いよ。ちょっと待ってて」

客席に出て行った昭子は、やっぱり間違いだったわと、ツンと鼻を上に向けてR5ステーションへ戻ってきた。

「そういえばショウ子、昨日の人、空港にワイン持ってきたの？」

昭子はうれしそうにうなずくと、鈴江をエコノミークラスの一番後ろの物入れへと引っ張っていった。そこには昭子のバッグと一緒に、箱に入った〝届けるワイン〟と〝お礼のワイン〟が紙袋に入れてしまってあった。昨日の話では届けるワインは三本のはずなのに、そこには二本しかない。理由を尋ねると、空港でワインを預かったとき、一本は中身が口からにじみ出てしまっていたので、業者がこのところの暑さが原因だろうと言ってすぐに引っ込めた、と話した。

「これ一本で四〇万円以上だから責任重大よ」

昭子が耳元でささやいた。

鈴江は、そんな高級ワインを、高温のところに置くことがあるのだろうかと不思議に思ったが、口には出さなかった。

窓際57K席の男は目を覚ますと、そっと自分の腕と手の臭いをかいだ。そして三分もしないうちに吐袋にもどした。その吐袋を椅子の下に置いてしばらくするとまた吐き気をもよおした。今度は隣の空席のポケットから吐袋を取り出して、慌ててそれにもどした。もう胃液のほかは何も出なかった。食欲は全くなく、食べてもこれでは胃が受け付けるわけがない。

吐袋がなくなったのでキャビン・アテンダントを探すが、誰も眼に入らない。水も飲みたかったが、立ち上がって取りに行くにはあまりに疲れていた。

そう、パリを飛び立つときのことは覚えている。たしか機体が動き出してから三〇分近くかかった。やっと離陸のアナウンスがあってエンジンの回転が上がり、始めはゆっくりだった機体の動きもすぐに急加速に変わった。滑走中の振動で目の前に広がる主翼が揺れ、つられて大きなエンジンが上下に動くのがよく見えた。これで大丈夫なのかと心配になったが、いまはもう雲の上だ。この便に間に合ったことでほっとして、いつの間にか眠ってしまったようだった。

それにしてもキャビンが暗い。窓のシェードが下ろされている。出発前には開いていたはずだ。膝には毛布がかけられている。トイレに立ったときには毛布はなかった。毛布をかけたスチュワーデスが閉めていったのだろう。ともかく暗くてつい眠りそうになる。

夜を徹してのドライブで、今朝空港のホテルに着いたのだが、そのまま寝込んでしまった。目が覚めたら空港へ行く時間だった。

男は寝苦しさに身体の向きを変えた。といっても狭いエコノミークラスの椅子だ。たいして楽にはならなかった。身体を思い切り伸ばして平らなところで寝たい、熱っぽい頭はこれ以上何を考えるにもおっくうになってきた。少し汗ばんだ身体は椅子の形にそって投げ出され、エアコンの涼しさと脱力感が彼をまた眠りに引き込んでいった。

その男のいる右側の窓際席とは通路二本を挟んで反対側、左側窓際57Ａ席にいる塚本咲恵《つかもとさきえ》は、暗いキャビンの中でも男の異常に気がついていた。同じ座席列には自分たち夫婦を除くと、キャビンの反対側のその男しかいなかった。そのために離れていても様子が窺えたのだ。

隣席の夫はとっくにいびきをかいて寝込んでいる。彼女はキャビン・アテンダントをそれとなく待ったが、三〇分経っても誰も回ってこなかった。

心配になった咲恵は、椅子のなかで最近太り気味の身体をひねって後ろを振り返った。通路の一番奥にキャビン・アテンダントがいる。その彼女は男性客と話し込んでいた。すぐに来てもらおうと手を振ったりして合図したがいっこうに気づいてくれる様子もない。咲恵はかがみ込んで肘掛け下のアテンダント・コールボタンを探した。眼鏡をかけても暗くてよく見えなかった。いくつかあるボタンを押しているうちに、頭の上からリーディング・ライトの光があたりを明るく照らし出した。隣の夫が眩しそうに顔を横に向ける。その灯りの下でもコールボタンは肘掛けの陰になってよくわからなかった。手探りで探しているうちに、チャイムが鳴って小さいライトが頭上の棚に点灯した。しばらくしてから先ほどのＣＡが側にきた。

「何かご用でしょうか?」

嫁に感じが似ている。顔が小さくスタイルはよいが、声は冷たい。

「あの方、先ほどから具合がお悪いようなの。ちょっと見てきてくださる?」

CAは指さされた方をちらっと見ると、にっこりと笑みを作った。

「ありがとうございます。あの方は大分お疲れのようでして、私どもも注意しております。それではちょっと見て参ります。ありがとうございました」

小声でささやくように言い終わると通路を大股で歩いていった。その男の席に行っても、彼女は特に顔色を見るようなこともなく、半分床に落ちかけていた毛布をかけ直しただけで、すぐにこちらに帰ってきた。

「よくおやすみでした」

美しい笑顔でそれだけ言うと、先ほどまで話をしていた男性客の席へ戻っていった。

チーフパーサーの浅井夏子は、キャビンの通路をゆっくり後ろへと歩いていった。たとえ車輪故障で異常な着陸になったとしても、生命に関わる差し迫った事態以外は、脱出スライドを使った緊急脱出はしたくないというのが本心だった。過去の例から見て緊急脱出では必ずといってよいほど怪我人が出る。そもそも脱出スライドは、なんとか命だけでも助けられないかという発想から作られている。条件がよいときでも一〇パーセント程度の負傷者が出る。今日のように成田が雨でスライドの表面が濡れると、二〇パーセント前後の乗客が重軽傷を負ってしまうだろう。

いま食事をしている乗客のうち五〇人から六〇人が重軽傷を負う。何とか脱出できても、乗客の安全を守ったとは言い切れないだろう。

　メインキャビンを一周したあと、二階客席後部のギャレーへ行き、そこからまだ眠そうな乗客を見渡した。二階は全席ビジネスクラスで、今日は女性が多かった。約八メートルの高さにある二階客室からの脱出は、一階客室に比べて負傷する率が高い。また緊急脱出のデータでは、負傷者に女性客が多いとあった。

　二〇歳代に比べて五〇歳以上の女性の約半数は、骨粗鬆症《こつそしょうしょう》とまではいかなくても、老化現象により推骨の強度が二〇パーセント以上落ちている。そのために重傷者に推骨の骨折が多い。緊急脱出の際に負傷する危険性を減らすためには、二階席乗客の、特に女性客を一階メインキャビンへ移動させる必要がある。

　どのタイミングで移動させるのがいいのだろう。機長アナウンスによる動揺が収まったらすぐに開始するのがよいのか。

　機長からは着陸時に胴体後部の加重を減らすために、乗客はなるべく前方に集めるようにと言われていた。そのためには二階席の乗客を、一階メインキャビン前方のファーストクラスとビジネスクラスの空席に、順次移動させるのが効率的だろう。

　先ほどの病人は一人では脱出できそうにもないし、前方に移動することも不可能だろう。担当のCAはこのままだと太田鈴江一人になってしまう。後方のステーションから応援を一人付けるか、乗客の中で手助けをしてくれる人、ほかには、先に機から脱出して地上で補助をしてくれる援護者を事前に頼んでおきたい。夏子は腕時計にそっと目を落とした。一〇時四〇分、ハバロフスク上空予定の一一時〇三分から成田到着まで約二時間、その間にすべての準備を終えなければならない。メインキャビンに戻ろうと階段のところまで行くと、渡辺美佐代が階段を上がってきた。

「機長がお呼びです。コクピットに来るようにとのことです」

夏子は急いで前方へ向かい、遅くなりましたと言いながら中へ入った。コクピットは相変わらず明るくて眩しかったが、いつもと違う雰囲気が感じられた。朝霧が濃い色のサングラスを外し、機長席から夏子を振り返った。

「病人、万が一の場合、脱出は一人でできそうか？」

それだけのことを聞くのにわざわざ呼ぶはずがない。

「いえ、いまのままだと無理だと思います。それでアシストにCAを一人つけるつもりですが、……やはり緊急脱出をするような状況なんですか？」

夏子は返事をしながら、朝霧が右手で前方パネルのスイッチを操作するのを目で追っていた。いままで計器が映っていた中央の画面がシステム系統図に変わり、朝霧がボールペンの先を持っていく。

「通常はここの部分にブレーキやタイヤ等の状況が示されるのだけど、見てわかるように何の数値も映っていないだろう。信号を送るケーブルがやられているらしい。これでは機上で状況がつかめないし、同じように地上からもデータが送られていないと言ってきた。パンクしたタイヤは二本らしいが、一本はどのタイヤかもわからない。それで機内準備は最悪の事態に対処できるようにしてほしいんだ。さっきの病人のほかに、緊急脱出に支障がありそうな乗客はいるか？」

緊張感が漂っていた理由がわかった。

「いえ、ご年配の方は多いですが、特にいらっしゃらないと思います」

「年配というと？」

「もう一度乗客名簿《PIL》で確認しますが、一番お年を召した方は確か七八歳だったと思います。ビジネスクラスを使うツアーで一五人ほどの団体です。皆様六五歳以上です。その方たちは一カ所の非常口に集めないように、何カ所かに分散してもらおうと考えています」

夏子の頭の中はその団体客の姿が浮かんでいた。自分の両親と同じ年代の人たちだ。何とか怪我をしないように脱出させてあげたい。

「規程でそうなっているのか？」

「いえ、そういうことではありません。いざ脱出となった場合そうした方が早いと思いまして」

朝霧は計器板の時計を見ながら、乗客の移動は時間があるから問題ないなと念を押した。

「はい。遅くてもハバロあたりでは、アナウンスの準備ができると思います。その時点でご連絡いたします」

「さっきの打ち合わせ通りにいこう。連絡をもらってから状況説明のキャビンアナウンスをする。ハバロから到着まではだいたい二時間だからね。どんな着陸になるかまだ何とも言えないが、着陸前には地上にも万全の準備を頼んでおく。ＣＡも食事をしておいてくれよ。食事をしているのといないのでは、生存率が違うからな」

「それは大丈夫です。みんな若いし、お腹空いてますから」

夏子の笑顔がコクピットの三人にも伝染した。一応の打ち合わせを終えた夏子は、眩しいコクピットから暗いキャビンへと戻った。訓練では普通に使っている〝生存率〟という言葉が、いまは重く心に響いていた。


インターホンのチャイムが鳴ったのは、夏子がアッパーキャビンから一階のファーストクラスへ戻ったときだった。反射的に天井にある小さなライトを見上げると、ピンク色のライトが点灯している。コクピットが呼んでいるのだ。ギャレーのカーテンが開いて山崎《やまざき》リサが顔を出した。

「機長がお呼びです。すぐに来るようにとのことでした」

「いままでいたのに、何だって？」

「いえ、わかりません。なにか急用のような感じでした」

夏子はすぐにコクピットに引き返した。ドアを開けて「はい。お呼びで――」と言いかけると、右手の補助席《ジャンプシート》で身体をかがめるようにしていた副操縦士の大林が、振り返って人差し指を唇に当てた。

コクピットの三人は片手をイヤホンに添え、無線に神経を集中している。大林もイヤホンに手を当てていたが手振りで合図して、夏子を朝霧の後ろのジャンプシートに座らせた。三人はしばらくそのままの姿勢でいたが、急にイヤホンから手を離すと氷が溶けたように身体を動かした。

「新しい情報だ」

夏子はまた何かよくないニュースかと緊張した。朝霧が右後ろに手を伸ばして、大林からメモ用紙を受け取った。

「パリが閉鎖になったと、ほかの飛行機同士が話し合っているんだ。僕らが出て三時間後にターミナルビルがクローズになったようだ。会社からはまだ何もきていないけどな」

夏子には朝霧が何を言いたいのかわからなかった。パリ？　いまの自分たちは、車輪故障というもっと緊迫した状態にあるのに、関係ないことではないか。

「パリって、私たちが出てきたド・ゴール空港ですか？」

「ああ、空港で放射能が見つかったらしい」

「放射能？　テロですか！」

夏子は出発直前に親友でパリ在住の直子と、ホテルで食事をして別れたばかりだった。

「いや、そうと決まったわけではないらしい」

対地データ通信装置《ACARS》がプリントを始めた。大林が切り取って朝霧に渡す。

２０６便機長殿。空港でテロの特別警戒に当たっていた軍が、ターミナル・ワンで放射線を検知した。その後の調べでターミナル・ワンのカウンターと、サテライト・スリーのＴ・４において放射線が検知された。テロの疑いもあるということで、当局は１９５０協定世界時《UTC》、日本時間04時50分にターミナルを閉鎖した。以上。ＦＯＸ羽田

「噂をすれば、だな。いま〇二〇〇ＵＴＣだから、運航統制本部《FOX》の奴ら、六時間も経ってからやっと言ってきた。俺たちはいいときに出てきたよな」

山園機長が右席から口を挟んだ。

「それはわかりませんよ。あの時間にあの滑走路から離陸していなかったなら、タイヤバーストは起きなかったかもしれないですし」

「それもそうだな」

朝霧は言葉を切ると咳払いをして夏子に向き直った。夏子はすぐにメモを構えた。

「ＡＣＡＲＳの続きだ。『サテライト・スリーのＴ－４《タンゴ・フォー》のカウンターにおいても放射能が検知された』とある。タンゴ・フォーだ」

朝霧は夏子の顔を窺いながら言いよどんだ。

「その、何というのか、つまりこの便が使ったゲートも、放射線で汚染されているということなんだ」

「誰かが放射性物質を機内に持ち込んで、この便も汚染されている可能性があるということでしょうか？」

「そこまでは言ってきていない。会社が伝えてきた内容はタンゴ・フォーの汚染までだ。あのゲートは、この便の前後に他社便も使っているからな、この便が汚染されていると決まったわけじゃない」

「フランス当局がわざわざ成田のニッポン・インター社まで知らせてきたということは、かなり確率が高いからでしょう。普通はそう考えていいんじゃないでしょうか」

　山園にしては珍しく心配そうな口調だった。

「そうかな。単に航空情報《ノータム》で入ってきただけだろう。次の連絡がくればはっきりする。それまでにどうするかだ。浅井さん、そんな感じのといっても難しいだろうが、テロリスト風というか、行動が不審というか、何か様子がおかしい乗客はいるかな」

　特に気になる乗客に心当たりはなかった。ほとんどが日本人で、それもビジネス客と団体旅行者が半々だった。

「難しいですね。この便に外国人は確か六人しか乗っていません。ほとんどは日本人ですが」

　それを聞いて安心したのか、朝霧は小さくため息をついた。いままで黙っていた大林がジャンプシートから身を乗り出した。

「外国人とは限らないのではないでしょうか」

　山園は、うなずいて半身を後ろに向けた。

「確かにそうだ。そいつはあちこちに放射能をばらまいて歩いてきた。でも、なぜそんな危険なことをしたんですかね。本人が一番被曝するじゃないですか」

「目立つようにわざとして、アルジャジーラか新聞にどこかの組織が声明をだす。よくあるやり方です」

　夏子のボールペンを握った右手が汗ばんできた。

「キャプテン、その人は機内に、放射能を出す何かを持ち込んでいるということでしょうか。その周りにいるお客様は被害を受けることになりませんか」

「フランスで起きたことだから、イスラムか移民問題に関連してのことだろう。日本の航空機はあまり関係ないんじゃないかな。放射能が危険かどうかは量によると思う。パリでどのくらいの強さの放射線が計測されたかだ。そうだな、大林」

大林の説明によれば、放射線の種類や強さによって被害も違う。先ほどの連絡では軍がターミナル・ワンで放射線を検知したが、まだテロと決まったわけではないというだけで、強さについては触れていないのだ。

「もう少し情報がないと、いますぐここで予想することは難しいです。どちらにしてもターミナルの中にまでそれがあるということは、わざとばらまいたのでなければ、本人が知らないうちに放射性物質を、空港内に持ち込んでしまったとも考えられますしね。たとえば服に付いた埃や、靴の裏についた土などです」

「どうやったらわかりますか。その人が放射能を持っているって」

大林は首を横に振った。

「放射線は目に見えないから、ガイガーカウンターのような計測器がなければ計測できない。機内では無理ですよ」

「目の前にその人がいてもわかりませんか。たとえば臭いとか何かが変色するとか。衣服に付着したものは暗くすると発光するとか」

「自分が被曝しても、おそらくわからないでしょうね。よほど強ければ暗いところで光を発したり、オゾンの臭いがするって聞いたことがあります。さっき傍受した通信ではＦＯＸの意見として、医療用のアイソトープが運搬中に破損したのではないかと思う、と話してましたけど」

朝霧は首をかしげた。

「でもな、プロがそんないい加減なことをするだろうか。危険性を一番よく知っているんだしな。すぐに当局に知らせて汚染を最小限に防ぐと思うよ。それに放射性物質の国際間の移動は厳しく監視されているから、それを国際線ターミナルに持ち込むだろうか。ちょっと通常では考えられないな」

朝霧が腕時計に目を落とす。次の連絡を待っているのだろう。大林が後ろから口を挟んだ。

「運んでいる人は運送屋さんでしょう？　プロではないかもしれませんよ。ＦＯＸが言うような医療用アイソトープの機内持ち込みはないでしょう。普通は貨物ですよね」

「普通は貨物だ。タンゴ・フォーのカウンターから放射線が検出されたとしても、それが医療用のアイソトープだとすると、俺たちの便じゃない。アイソトープを運ぶときには機長に連絡がくる。今日はそんなことは聞いていないしな」

「そうなると誰かが放射能を故意に持ち込んだ、としか考えられませんね」

「私たちにそのお客様を捜せということでしょうか」

「持ち込まれているとすればだが。結果的にはそういうことになるかもしれない。しかしあのゲートは到着便の降機にも使っている。それに関しては全く手がかりがないだろう」

「キャビンに放射能があるなんて！　お客様が知ったら、パニックになるんじゃないかしら。いまからハバロフスクに降りられませんか」

先ほどから前方に小さくハバロフスクの空港が見えてきていた。

「あそこに降りてキャビンと乗客の放射能を調べたらどうでしょうか」

「それができればね」

朝霧はため息まじりに答えた。

「この機体は車輪が二つバーストしていて、成田の整備から最終の判断をもらわないと着陸できない。ともかく成田までは着陸できないんだ」

そうだった。エマージェンシーで降りる打ち合わせで、コクピットにきたのだ。

ハバロフスク・コントロールが呼んできた。山園がバインダーを取り上げながら「ちょっとコンタクトしておきます」とマイクのセレクターを切り替える。

レーダーで確認したので真っ直ぐLANEP《ラネップ》ポイントに向かうように指示がきた。朝霧の了解を確認すると、山園は無線で交信しながらコースの変更をコンピューターに打ち込む。それと重なるようにモニターから、皆様の前方に見えますのがアムール川です、というキャビン・アナウンスが聞こえてきた。渡辺美佐代の声だ。そろそろ戻らないといけない。

「浅井さん。この放射能については、まだそれほど心配するような状況じゃないと思うよ。本当にこの便に積まれていて、汚染や被曝の可能性があるなら、もっと詳しく言ってくると思うから。そんなことより車輪故障の方が切羽詰まっているわけだから、そっちの準備だ。最低何分で準備できるだろうか」

「座席移動からですと、そうですね、今日はご年配の方が多いので三〇分は欲しいと思います」

「ＯＫ、わかった。念のために知りたかったんだ」

「それでは先ほどの打ち合わせの通りでよろしいでしょうか。食事のかたづけが済んで、キャビンの用意ができましたらご連絡いたします。車輪の故障についてのキャプテン・アナウンスをお願いいたします」

　夏子が立ち上がると朝霧が振り返った。

「それと放射能のことはあまり心配しないで。まだこの便に積まれたと決まったわけじゃないしね。伏せておいてくれ。あの病人だけど、もし必要なら救急車の、いや、エマージェンシーをかけて降りるから、どっちにしても救急車は来ているな」

「それはわかりませんよ」と大林がつぶやいた。

「消防車は来ても救急車はくるかどうか」

「そう言われりゃそうだ。何年か前に機長が殺されたハイジャックの時は、救急車が来るまで三〇分かかったっていうからな」

　ハバロフスク・コントロールから、すぐにウラジオストーク・コントロールに切り替えるようにと言ってきた。

「おかしいですね」

　返事をしながらコーパイ席の山園が朝霧の方を見て首をかしげる。まだウラジオストーク・コントロールの境界線に遠く、切り替えには早すぎる地点なのだ。

「ともかく呼んでみます」

　周波数を切り替える。低く響いた声で返事が返ってきた。

《ニッポン・インター206、こちらウラジオストーク・コントロール、AVGOK《アブゴック》経由で真っ直ぐに奥尻《おくしり》電波標識《VOR》へ向かえ。どうぞ》

　AVGOCポイントは一方通行路の反対方向にあり、そこから奥尻VORに向かう航空路《エアウェイ》などない。そのことを聞き直すと、AVGOCポイントで札幌コントロールに通信設定《コンタクト》せよと言ってきた。

「航路変更の理由を聞きたい」

《札幌コントロールから聞いてくれ。札幌コントロールからの要請でこちらではわからない。ダスヴィダーニヤ》

「何があったんだろう？　ただの混雑かな。このままだと自衛隊の訓練空域を突っ切ることになるけどいいのかな」

　指示された航路を飛行情報システム《FMS》に打ち込んでいた山園までが、腑《ふ》に落ちない表情を向ける。日本海でまた不審船が発見されたとか、テポドンが打ち上げられて飛行禁止になったのではと、大林が身を乗り出して窓の外をのぞくが、肉眼では無理だったようだ。

　大林が小声で教えてくる。

「こんな指示はいままで経験したことがない。機《シップ》の故障を考えて、最短距離で成田に向かわせたとも考えられるけど、シップに故障があるとは伝えてないし、このコースで短縮できる時間といっても、ほんの一分か二分に過ぎない。ともかく札幌コントロールにコンタクトすればわかるだろう」

夏子は説明を聞きながら、それよりも早くキャビンに戻らないと、とそちらが気になって仕方がなかった。

ツートーンのチャイムが鳴った。前の三人は素早くレシーバー・スイッチを衛星通信《SATCOM》の衛星電話に切り替える。朝霧が自分が返事をすると山園に目で合図をしてから、夏子にも聞こえるようにスピーカーのスイッチを入れた。

「もしもし、こちらは二〇六便機長の朝霧です」

一瞬、空気が張りつめた。

《こちらはニッポン・インター成田です。えーと、先ほどの放射能の件でFOXより新しい情報が入りましたのでお知らせします》

成田のフ《F》ライトサ《S》ポート・ス《S》テーションからだ。車輪故障かルートのことで、何か新しい情報が入ったと思ったが、あて外れだった。

《パリのADPによりますと、当社便にその、つまりタンゴ・フォー・ゲートのカウンターから、その、つまり反応がでたと言ってきました》

「タンゴ・フォーの放射能の件は聞いています。かなり高いのでしょうか？　そうでなければ車輪故障の方で忙しいので、後にしていただけませんか」

《いや、こちらも詳しくはわかりませんが、状況としてはタンゴ・フォーの搭乗ゲートですが、二〇六便で使用したニッポン・インターのカウンターから見つかったとのことです。放射能の強さについてはまだ検査中とだけです》
「うちのカウンターですか？　ちょっと待ってくれ。詳しくお願いします」
夏子はボールペンを握りなおした。
《それが現在のところ、カウンターを汚染したのが乗客かどうかまだ確証がないのです。乗客が汚染されていたのか、そのカウンターにいた職員の手が何らかの作業で汚染されていたのか、クルーの皆さんも、あそこは通るわけでして、まだはっきりしていません》
「話が込み入っているようですが、要は汚染された乗客が乗っているとは限らないということですね。手荷物などは汚染されていないと考えていいんでしょうか」
《わかりません。そのためにパリでは職員全員が被曝の検査を受けています。といっても夜中ですし、ほとんどの関係者が自宅に帰った後なので時間がかかりそうです。警察も放射能の痕跡を調べるだけで手一杯のようです。フランス警察はそれがテロに関連したものなのか、つまり空港のどこかにそのようなものを仕掛けている可能性も考えられるわけでして、あるいは核物質を持ってうちの便に乗り込んだとも考えられますし、単なる事故の……つまり医療用アイソトープのような、その、容器が壊れて、たまたまそれが衣服に付着してという可能性も考えられます。今のところすべての可能性を考えて捜査しているそうです》
「もう少し簡単にお願いできませんか。汚染されたというか、なにか不審な手荷物を預けたり、機内に持ち込んだ人はいますか」

《それも調べました。国際線ですから、皆様何かしら身の回りのものや、おみやげ品を機内に持ち込まれていますし、ほとんどの方が手荷物をお預けになっています。汚染されているのは乗客だけなのか、あるいは汚染された物質を手荷物として預けているのか、キャビンに持ち込んでいるのかも不明で、いま受託手荷物の運搬経路の放射能を調べているとのことです》

朝霧は無線を聞きながら三人を見回した。

「了解。こちらも放射能に関してはよくわからないので、具体的なというか、もう少しはっきりと言っていただけませんか。それからルートが変更になって奥尻上空から成田に向かうようですが、何か情報が入っていますか」

《いえ、何も聞いていません。それではわかり次第連絡を入れます》

ルート変更の原因がわかったら、至急ＡＣＡＲＳで送ってほしいと付け加えて無線を切った。

山園も大林も、顔には失望の色が浮かんだ。

「あいつは一体何が言いたかったんだ？　放射能のことを知らせましたという言い訳か？」

山園が言うように、わざわざ衛星電話で連絡してくるような内容ではない。

「いまの話では、放射性物質が積まれているのか、いないのか全くわからない。何か手がかりがあるかと思ったのにな。ほかのクルーに知らせたくても、これじゃあどうしようもない。ともかく正確な情報が入るまでは伏せておこう」

夏子も朝霧の言うとおりだと思った。このままでは不安をかき立てるだけで、解決にはつながらない。放射線についての知識もないので、ＣＡに説明することすらできない。

「具体的な情報が入るまでは、先ほどの打ち合わせ通りに緊急着陸の準備をしようと思う」

「これ、かなりやばいですよ」

大林が唐突に言ったので、操縦席にいる二人の機長は、ぎょっとしたように振り返った。

「いや、すみません。カウンターに放射能の痕跡があったのなら、そこを触った人の手にも、放射性の物質がついているってことになりませんか？」

「あいつは、そういうことを言いたかったのか」

山園が言葉を区切るように、声を荒立てた。この便に乗っている乗客はすべてカウンターを通ってきた。ということは彼らの手か服か知らないが、そこに放射性物質が付いている可能性があるということにならないだろうか？

「大林君が言うように考えると、今度はその乗客が触ったものは、放射能に汚染されることになるな」

「乗客からおしぼりとか、食器を受け取ったＣＡの手も？」

夏子は思わず両手を開いて見つめてしまった。

「そうか。浅井さん、ＣＡ全員にすぐに手を洗うように言って、サービス中は手袋をするように伝えた方がいい」

「ちょっとそれは」

それではあまりにも不自然だ。

「手を洗うだけでも違うだろう？　手を洗わせるにも理由が必要か」

「そうなんです。いつもしない指示ですから、変に思うでしょうね。たぶん私に質問が集中してくると思うのですが、理由は機長が後ほど説明するからと答えておきます」

夏子が立ち上がりかけたときに、ツートーンのチャイムが鳴った。山園が「また来たぞ」と言いながらスイッチに手を伸ばした。三人は素早くレシーバー・スイッチをSATCOMの衛星電話に切り替え、夏子は椅子に浅く腰を下ろした。

「はい二〇六便機長の朝霧です」

再びスピーカーから声が流れはじめた。

《ニッポン・インター成田です。新たな情報が入りましたのでお知らせいたします。文部科学省が二〇六便に対して、非常災害対策本部の設置が必要かどうかの検討をはじめたとのことです。現在の残燃料をお知らせください》

「ちょっと待ってくれ。非常災害対策本部とはどういうことだ。それは緊急着陸に対してか？」

《えーと、すでにFOXから連絡がいっていると思うのですが》

「全然聞いていない。何で文部科学省なんだ？　どういうことなんだ」

《おかしいですね。記録では機長に連絡済みで、先ほどから機長の返答を待っている、となっていますが。わかりました。文部科学省が問題にしているのは、そちらの機内に持ち込まれている放射性物質の一件です。核あるいは原子力関連の緊急事態が発生した場合は、国と文部科学省が主体となって防災態勢をしきます。ただ原子力災害対策本部を設置しないのは、条件が適合していないためです》

「機内に放射性物質が持ち込まれている？　まだこっちは何も聞いていない。さっきの連絡では
ゲートが放射性物質で汚染されたと言っていただけだろう」

《いえ、それは大分前のことです。その後FOXが》

「そんなことはどうでもいい。原子力災害対策本部だとか、一体この機になにが起きているんだ」

《それでは状況について再度説明いたします。誠に申し上げにくいのですが、政府は機内に持ち
込まれた放射性物質がテロ組織と関係がある可能性を考えまして、官邸対策室と非常災害対策本
部の設置が必要かどうか、そのための情報収集と思われます。整備の見解では二本のタイヤがパ
ンクした状態での着陸は、どうしても最悪の事態を考える必要があるとのことです。つまり火災
発生の、……少々お待ちください。少々お待ちください》

《失礼しました。いえ、あのぉ、もしもですが、もしも放射性物質が大気中に飛び散ると、あの
ぉ、これは一般的な話をいたしますと……、え？　なに？　失礼しました。それで広範囲にわた
って、広がるということも考えられなくもないと、……わかっているって！　失礼しました。現
在までのところ、放射性物質が、えーと、持ち込まれたかどうかもわかっていません？　……少々
お待ちください》

「おい。ちょっと待て。一体何を言っているんだ！　放射性物質は持ち込まれたと、いま言った
だろう」

《はい。すみません。FOXから……いえ、私が少々混乱しておりまして。そのぉ、持ち込まれ

山園がしびれを切らしたのかマイクを取り上げると大声で怒鳴りつけた。

た核種に、いえ、持ち込まれてはいないかもしれないということでして、現在分析中で、まだ結果が出ていないということになりますが、少々お待ちください》
《失礼しました。担当、代わりました。それで日本海に出られた後、そのまま管制の指示に従って……、失礼、このところはもうご存じですね》
「いや、何も聞いていない」
《FOXからフライトプランの変更が送られているはずですが》
「何もきていない」
《それでは早急にコピーを送ります。それで日本付近のジェット気流なんですが、ちょうど北海道の上空にあり、揺れのレポートが入っています。高度を二万五〇〇〇以下に降ろされた方がよいかと思います。関東地方は南にある前線の影響で低層雲がありますが、北の方は高気圧に覆われてよい天気になっております。それで管制の指示に従って、自衛隊の訓練空域内で待機飛行《ホールド》をお願いします》
「何のためにホールドするんだ?」
《え? こちらの……準備です。残燃料お願いします》
レーダーには北海道の一部が映り始めていた。
「わかった。まもなく普通の通信ができる距離になる。こちらから会社無線《カンパニー》で連絡するから、コールバックする」
《えーと、ちょっと待ってください。連絡はSATCOMの電話でお願いいたします。他社便あ

るいはマスコミに聞かれたくない内容ということです》

この便に核物質が積まれているのは間違いない。それをこちらに言いたくないだけだ。山園も大林も大きく開いた目で朝霧を見ている。夏子も凍ったように動けなかった。

「了解。電話でする」

コーパイ席の山園がSATCOMのスイッチを切り替えた。大林はうつむいてACARSの通信記録を調べている。

「過去三時間のデータに、FOXからの通信記録はありません」

「向こうの言い訳に決まっている！　FOXの奴ら、俺たちに何も知らせないつもりだ。国内線《ドメス》で何度も聞いたことがありますよ。爆破予告の電話なんて、出発してすぐ入ったのに、一時間も経って着陸寸前にやっと知らせてきやがる。真偽の確認に時間がかかりまして、とか何とか言いやがって。ともかく定刻に出してしまえば、あとは機長の責任だ。自分らに責任がこなけりゃ何でもあり。これがFOXのやり方ですよ。俺たちは、見捨てられたんだ！」

山園は顔を赤くして椅子の肘掛けをたたいた。朝霧は先ほどからじっと前方を見据えていたが、静かに口を開いた。

「二四六名の乗客がいるのにそんなことが起きるわけがないよ。それにしても自衛隊の訓練空域でホールドとはどういうわけだ。こちらからまだ何も頼んでいないのに、何をそんなに準備するというのだろう」

心に浮かんだことが思わず口をついて出た。

「私たちに来てほしくないんじゃないかしら」

着陸装置が故障した機体に核物質が積まれている。到着と同時にそれをまき散らしたら、これは核ミサイルと同じではないか。本土上空さえ飛んでほしくないというのもわかる。東京に近い成田には降ろしたくないし、羽田などもってのほかだろう。日本海上空で待機させ、その間にどこか適当な空港を探しているに違いない。

「俺たちが日本海にでも沈むのが一番いいんだろうよ！　あいつら」

大林から先ほど渡されたACARSの用紙を、山園が操縦桿にたたきつけた。

「待てよ。向こうも対策を考えているのだろうし、俺たちも時間が必要だ。ここから最小燃料で飛ぼう。高度は、そうだな、二五《にご》にしようか」

朝霧がなだめるように指示し、山園は最小抵抗速度を入力端末《CDU》画面に出した。

「OK、エクセキュート」

了解の返事と同時にデータが飛行情報システム《FMS》に入力され、オートスロットルが徐々にパワーを絞り始める。

「大林、すぐに札幌コントロールにコンタクトして、速度を落としながら奥尻に向かっていると伝えてくれ。高度二万五〇〇〇を要求、どこでホールドするのかもだ」

札幌コントロールにはすぐにコンタクトがとれた。現在地点から奥尻の南西三〇マイル地点まで高度二万五〇〇〇で真っ直ぐに行き、そこでのホールドを指示してきた。

「そこは日本の領海外じゃないのか？」

山園が不満げにつぶやいたので、大林が慌てて航空地図を取り出した。

「日本の領海は一二マイルですから、どちらにしても領海外です。しかしこれで見る限り自衛隊の訓練空域です」

山園がCDUに奥尻の南西三〇マイルを打ち込む。

「奥尻島の上空も飛んでほしくないようですな」

機は左翼を上げて変針した。

《二〇六便、こちら札幌コントロールです。そちらの搭乗人員数《REQUEST PERSONS ON BORD》、繰り返します《I SAY AGAIN》、搭乗人員数《POB》をお知らせ願いたい。どうぞ》

「搭乗旅客数《NUMBER OF PASSENGERS》でなくPOBを聞いてくるということは、捜索救難のために総人数が必要だということじゃないですか。機長はまだ管制機関に緊急事態さえ宣言していないのに、あっちは勝手に緊急態勢の準備をしているのか」

山園がまだ紅潮している顔を朝霧に向けたが、朝霧は促すようにうなずいた。

「了解。乗客二四六名、乗務員一五名の二六一名です。繰り返します。POB二六一」

山園はPTTボタンに手をかけたまま燃料計を指した。

「このままでいいですか、それとも飛行可能時間に換算しますか」

先ほどの燃料計算では成田上空で三万一五〇〇ポンド残るはずだったが、高度を二万五〇〇〇に降ろし、ルートを変更した上に速度を遅くするので、燃料消費も飛行可能時間もすべて違ってくる。

「高度も上空の風もわからないから、そのままの数字でいい」

山園が残燃料五万五〇〇〇ポンドと札幌コントロールに通報する。普段見たこともない緊迫した様子に見入っていた夏子は、ふと我に返った。

「キャプテン、緊急着陸の準備はどうしましょうか。しばらく待ちますか？」

「ああ、ちょっと待とう。緊急の度合いは放射能の方が先かもしれない」

タイヤバーストの時からすると、あまりにも急な展開だ。その放射性物質は一体何なのか。危険な状態にあることには間違いないだろう。

「私たちはすでに放射線を浴びていて、いまもなお被曝し続けているのでしょうか」

「放射能の急性被曝症状っていうのがあるかどうか知らないが、キャビンにそんな症状をしている者はいないか？　もしいるとすれば俺たちはすでに被曝しているとも考えられる」

「そんな症状って、どんなでしょう？　CAはそんなの習っていません。でももしかしたら」

「もしかしたら、何？」

「ちょっとリサに聞いてみます。彼女なら知っているかもしれません」

大林が夏子に向き直った。

「そうなるとリサさんに放射能のことを言わなくてはなりませんよ。東海村で起きたJCO臨界事故で死亡した人は、被曝してすぐに嘔吐したと新聞で読んだ記憶があります。SATCOMで成田に聞いてみましょうか」

PTTボタンに手をかけた大林を山園が制した。

「あいつらが本当のことを言うと思うか？　いままでだって何一つ言ってきてないじゃないか。いかにも行き違いがあったような下手な芝居をしてだ、考えていることは責任逃れだけだと思わないか」

「キャビンで嘔吐した人というと、例の病人以外にはいません。私が最初にみたとき、風邪とも食中毒とも思えませんでしたが、もしかするとあれが被曝の症状かも」

朝霧が夏子を振り返った。

「臨界事故の時に死亡した男性が浴びた放射線は、ウランが臨界になって核分裂を起こしたときに出た中性子線だったように思うな。被曝してすぐに危なくなるほどの放射性物質を、持ち歩くとは考えにくいと思わないか。あのときのウランにしても、臨界が起きるまではバケツに入れて運んだりしていたんだろう。それでも被曝しなかったわけだ」

「パリで見つかった放射能というのは、どんな種類の何だったんだ？　地上《した》からは何も肝心なことは教えてこない。いつものやり方なんだよこれは！」

山園が不満を言いたくなるのもわからないではないが、それをここで言っても何にもならないと夏子は思った。朝霧も同じように感じたようだ。

「それより浅井さん、その病人は大丈夫なのか？　リサをここに呼んでくれ。この際、すぐに確認しておきたい」

大林がインターホンを差し出してくれた。

「それから一体何が起きているのか成田に詳しく聞こう。俺たちはまだ緊急事態を宣言していないのに、緊急扱いされている。積まれた放射性物質はそんなに危険なのか。こっちが聞けば向こうも言わざるを得ないだろう。どう思う？」

山園も先ほど大林には無駄だと言ったが、今回は黙ってうなずいた。

「私がかけましょう」

大林がＳＡＴＣＯＭの衛星電話で成田を呼び出した。

■1143■現地対策本部

本来ならこういう時の対策本部は、中央とも近い羽田に設置すべきなのだろうが、人員や資料を移動する時間がなかったため、成田のC会議室がそのまま現地対策本部とされた。会議室のテーブルで柳沢は不満をつのらせていた。先ほどから変わったところといえば、電話が三本に増やされ、ビデオモニター二台が運び込まれたことくらいだった。

「課長の言われたように、成田のモーニングレポートに出ていてよかったですね。でもこの設備で何かできますかね」

隣席の坂井が耳打ちしてきた。

飛行情報のすべてが集まってくる運航統制本部《FOX》のオフィスと違って、電話機三台でどうやって情報を集めろと言うのだろう。しかも電話を使えば話の内容まで会議室の皆に聞かれてしまう。これでは羽田との連絡に使えない。新しい情報が入るたびに、ＦＡＸで送ってもらうしかないのだ。せめてもの救いは、態度ばかりがでかい乗員が会議に出席していないことだ。あいつらは馬齢だけ重ねて、会議の進め方も、人前での話し方も知らない。そんな高卒か大学中退の人間に、大卒より高い金を払っていることが社内不和を生み出す根源なのだ。柳沢はもう一度、先ほど受け取ったＦＡＸの文面を見直した。

フランス当局は放射性物質の核種をほぼ特定したとの極秘情報が入ってきました。まだ公式の発表はないですが、〈プルトニウム水溶液に不純物の混じったもの〉の可能性が大とのこと。このプルトニウムの水溶液はどのような物質なのか現在本部でも調査中です。現時点では、はっきりしたことはわかっていません。もうしばらくお待ちください。なお、ご指示通りシップとの連絡は、一切中止するよう指示を出しております。成田との通信で若干の混乱が生じているようです。取り急ぎご連絡まで。羽田Ｆ０Ｃ。

プルトニウム水溶液についてここで質問したくても、何か聞けばあのリストラされそこないの安推室の岡部が騒ぎ立てるだろうし、ことが大きくなってまともな話もできなくなる。汚れの染みついたつなぎを着ている竹村も、岡部に荷担するのは目に見えている。

だが、パリの森川の足を引っ張るようなことだけは絶対にさせたくない。

プルトニウム水溶液は、核分裂を起こすおそれがあるのか。核が絡んだ事故による被害はどのくらいになるのか。見当もつかなかった。とても保険でカバーできるような額ではない。ともかく社会的責任から考えても会社は生き残れない。政府はどう考えているのか。FAXの文面を見ているだけなのに額に脂汗が浮いた。柳沢は眼鏡を外すと曇りかけたレンズを拭き、問題点を列記したノートを閉じた。

まっとうな結論から言えば、竹村の言うとおり、車輪が壊れた二〇六便をどこかに降ろすしかないのは確かだ。整備の連中は、万が一事故になっても被害が少ない空港を探すというが、空港は利用者がいるから作るのだ。過疎地に空港があるわけがない。しかも空港にはマスコミが待ち構えている。奴らのカメラに、うちの飛行機が火だるまになる様子など、絶対に披露できない。

「二〇六便は管制の指示で奥尻VORに向かって飛行中です。奥尻の住民のことも考えてと思われるのですが、そこから三〇マイル離れたところでホールドに入ります」

先ほどから成田フライトサポート・ステーションの山根が、壁の地図に赤いマークを付けて、二〇六の現在位置を説明している。実にまどろっこしい話し方だ。FSSの小野田課長の席で電話が鳴った。

「山根君、FSSからだ」

説明を中断して電話をとった山根は、ちらっと柳沢に目を向けると、送話口を手で覆った。

「二〇六便から何が起こっているのか説明を求めてきています。FOXの柳沢課長の許可をいただければ、いままでの経過を流したいと思うのですが」

このおやじは、どうしてこうもトロいのだろうか。積まれた核がプルトニウムだと知ったら、こいつは早速マイクを握って全国放送をするのだろう。無線でしゃべれば必ずマスコミにばれる。そうなったときには日本中がパニックになりかねない。こちらの手はずが整うまで、あと三時間ほどどこかで飛ばしておくことくらいできないのか。柳沢はゆっくりと口を開いた。

「もう何回も申し上げているように、何を知らせて何を知らせないかは私たちが決めます。この会議が始まってからも、成田FSSは放射能の一件について、私たちには無断で直接シップと無線連絡をされているようですが、それをされるとマスコミにかぎつけられる心配があります。シップとの連絡はなるべく控えめにして、お天気とか到着時間とかいつもやっているような、その類《たぐい》のものにしておいてください。聞かれたら、いまはこっちで検討中だから、そのうち指示を出すとでも言っておけば、彼らは満足するでしょう」

フランス当局から連絡を受けた政府が、核テロの疑いもあるとして文部科学省に非常災害対策本部の設置をほのめかしたのは、この会議が始まった頃だと聞いている。それを知った本社の総務担当重役や広報の川口は、直ちに穏便な対処を願い出て、どのくらい平身低頭したことか。二〇六便が奥尻へ向かったのも、事態がはっきりするまで非常災害対策本部の設置を待ってもらうかわりに、日本上空を飛ばさないという条件で許可された処置だということを、全くわかっていないのだ。このことは説明しても連中は理解できないだろう。

気が付くと山根が先ほどと同じ姿勢で、立ったままこちらを見ている。

「まだ何かおありなんでしょうか?」

「はい。急性の放射線被曝症状があるとしたらどのような症状で、どのくらい放射能を浴びるとそれが出るのか知らせてくれとシップから言ってきてます。先ほど病人が出たと連絡してきたので、その病人と何か関係あるのかもしれません」

放射線被曝？　と誰かが驚いたような声を上げた。

「そんなことは存じません。岡部さん、ご説明をお願いいたします。私は本部に連絡がありますから、ちょっと失礼させていただきます」

山根の的外れな質問にいらだちを感じた。そろそろ本社に動きがあってもいい頃だ。会議室の床を這い回っている電線に気を付けながら扉を開けた。電話ならそこにあるのにと誰かが言ったが、皆が聞き耳を立てているところで電話はできない。静かな廊下に出て思わずため息が出る。二、三歩歩いたところで名前を呼ばれた。振り向くと先ほどの女性職員が、こちらに急ぎ足で近づいてくる。

「いまＦＡＸをお届けに伺うところでした」

渡された書類は羽田のＦＯＸ本部からだった。

プルトニウムの水溶液ということで、２０６便搭載の液体物を調べましたところ、貨物室にワイン１００ケースが積まれていることがわかりました。パリ警察は送り主のことを調べているようですが、先方は現在真夜中過ぎですので、探すのに時間がかかっています。送り状から、個人輸入とか輸出とか、そういった類のもので、ワイン関連の会社ではないようです。

放射性物質が液体状だということで、当局はこのワインにも疑いをかけているようです。この個人輸入業者から、当社が過去にワインを扱ったことがあるか、いま記録を調べています。お問い合わせの東海村ＪＣＯ事故の件ですが、扱われたウラン水溶液は16キログラムで、反応を起こしたウランは１０００分の１グラム（１ミリグラム）で、現在のところ決定しております損害賠償額は１５０億円です。以上。また何かわかりましたらＦＡＸ致します。羽田ＦＯＣＣ。


「ＪＣＯは一ミリグラムか」

柳沢はつぶやきながら、量を確かめるように親指と人差し指を、目の高さで擦りあわせた。一ミリグラムとは指で感じることができる量なのだろうか。それに比べてワイン一〇〇ケースというとどのくらいの量なのだ。積み荷明細を見ればわかるはずだ。ＦＡＸを読み直したが、肝心のプルトニウム水溶液について何も書いてない。本部もかなり混乱しているのだろう。

この時点で確かなことは、二〇六便はプルトニウムを積んでおり、しかも着陸装置が故障している。これが事故になった場合、機体の爆発と同時に核爆発が起きて一面が火の海になるのではないか。その損害賠償額は、天文学的数値になるに違いない。

ポケットのなかで携帯が振動を始めた。発信者は非通知とあった。

「はい。柳沢です。……専務、失礼しました」

〈いま、話せるか？　誰にも聞かれないでという意味だ〉

「はい。大丈夫です」

〈どうだ、処置方法は決まりそうか？〉

「まだ何も。放射能が絡んできてますので、複雑です」

〈残念ながら、非常災害対策本部の設置は避けられないかもしれない。会社としてはなるべく穏便に済ませたいのだが、どうもプルトニウムの一件は、表沙汰にしたくないらしい。そのために二〇六便を海上に降ろすという、いままでとは違う動きもあるようなんだ〉

「それは局からですか」

柳沢は驚きを隠しきれなかった。

〈いや、政府の奥の方からだ。被害を最小限に抑えるためだそうだ。それでこちらの指示に協力して欲しい。一切外部に漏れないようにな。支店長によろしく〉

「高野《たかの》支店長は不在でして、寒川副支店長が」

〈寒川？　ああ、ゴルフの。なかなかまとまらないだろう？〉

柳沢は会議室に引き返した。

「……ですから半致死量の四シーベルトから致死量の七から八シーベルトを被曝すると、吐き気が一時間後から始まるといわれています。ＪＣＯ事故の場合は今回の放射能漏れとは違って臨界事故です。一〇とか一七シーベルトという桁違いの数字で、チェルノブイリでの被曝量とだいたい同じです」

会議室ではちょうど岡部の難しい説明が終わったところだった。そのまま真っ直ぐに席に戻り、坂井にＦＡＸを渡した。坂井は一瞬顔をしかめたが何も言わずに首を振った。積み荷の明細書は持ち合わせていなかった。

「その酸性の液体がカーゴルームにある場合でも、客室にいる人間は被曝しますかね」

柳沢は、自分でも声がかすれているのがわかった。キーボードを叩きながら岡部は「そうですね」といったん言葉を切ったが、パソコンの画面から今度は疑い深そうな顔を向けた。

「放射線の種類とその貨物の梱包にもよります。もしガンマ線が出ているとしたら、たぶん被曝します。アルファ線、ベータ線は問題ありません。でも、おっしゃりたいのは酸性の液体ではなくて、プルトニウム水溶液がカーゴルームにあった場合ということでしょうか」

「プルトニウム水溶液とはどういうことかね」

寒川副支店長が咎《とが》めるように隣の岡部に聞いた。

「二〇六便に持ち込まれたのはプルトニウム水溶液と思われる、という情報がたったいまこちらにも入ってきました。ＦＯＸさんはすでに情報をお持ちのようですが」

岡部が鋭い視線を柳沢に向けた。なぜそれを早く知らせないのだ、という小さな声があちこちで起こり、立ち上がった山根は電話に向かった。

「早く二〇六便に知らせないと、彼らが被曝する」

「山根さん！　ちょっとお待ちください」

柳沢の一言でざわめきが止まった。

「こんなことになるから情報が出せないのです。いま無線でこのことをしゃべったら、モニターしているマスコミに知られて大騒ぎになります。当然彼らは何かが起きていると感づいていますから、飛びついてきます。しかし我が社はまだ何の手も打っていない状態です。何を書かれるかわかりません。それにこれはマスコミより先に政府が知っていないと、我々の立場が困るのです。おわかりのことと思いますが。その前にプルトニウムの水溶液というのが我々にはわからない。このまま機上に知らせても混乱を招くだけです。知らされた二〇六の乗員は、無線で騒ぎ立てるだけですよ。岡部さん、これが一体何なのか皆に説明していただけませんか」

岡部は小さくうなずくと、顔を上げた。

「安全推進室から入った情報では、プルトニウムの水溶液に不純物が混じったものとあります。使用済み核燃料の再処理過程で、硝酸プルトニウムというものが作られます。比較的移動に便利なプルトニウムで、硝酸水溶液の中で安定します。水溶液というのは、硝酸プルトニウム水溶液か、それに近い物のことを言っているのだと思います。これは主にアルファ線ですから、体内に取り込まない限り被曝の心配はほとんどありません」

「そもそもプルトニウムというと核爆弾の材料だろう」

寒川の言葉は質問というよりつぶやきに近かった。

「そうです。イラン問題でも話題になっているように、七キロもあれば核爆弾が作れます」

「仮に二〇六便が着陸時に機体が爆発したり炎上したと仮定します。この場合、プルトニウムは核爆発を起こしますか？」

「いえ、そういうことはありません。以前スペインで核爆弾を積んだ機体が墜落しましたが、核爆発は起きていません。しかしプルトニウムは、耳かき一杯の量で数千人が肺ガンになるといわれるほど毒性が強いので、事故の爆発や火災で空中に飛散した場合、そちらが問題になります」

「スペインの事故では飛散しなかったんですか？」

「はい。幸い核爆弾はそのまま回収されました」

「今回の場合、水溶液ですからそこまで汚染しますか。汚染しても処理すれば問題は解決するんじゃないでしょうか」

「核物質は燃やそうが溶かそうが、放射能は変わりません。一度作り出されると人間がそれを分解したり消去したりといった〈処理〉はできません。プルトニウムも自然に消えるのを待たなければなりません。半減期は約二万四〇〇〇年です。半減期が短いほど放射能は強くなります」

二万四〇〇〇年！　誰かが小さく叫んだ。

「なぜそんなものがうちの便に」

「テロか？」

「その被害はどうなるでしょう、つまり飛散したときの……」

「悲劇的です。一度飛散すると回収はできません。核物質を飛散させるダーティーボム、汚い爆弾の例があります。アメリカのテロ関連での調査によると、この場合は鉛筆型の食品照射用コバルト60でしたが、ちょっとした爆発でマンハッタンの大部分が、チェルノブイリ原発周辺と同じように汚染されるというものでした」

岡部は言葉を切るとこわばった表情でこちらを向いた。

「柳沢課長、カーゴルームと言われたのはなぜですか」

その尋ね方が、柳沢にはどこかヒステリックに感じられた。

「特に何もありません」

この会議は主任以上が集まっているのに、何で安全推進室の千葉はこんなリストラ男をよこしたのか。一つのことに詳しいだけで、全体のことは何もわかっていない。まるで乗員のような奴だ。

内閣の危機管理室が最近出したテロ対策ですら、やっとBC、バイオケミカルのテロに関して触れたばかりなのだ。まして国土交通省の航空機テロ対策となると、未だにナイフの持ち込みや操縦席の扉の強化などが主で、それ以外のことは考えてもいない。

核テロに至っては、それこそ海上関係でわずかに触れているほかは、警察庁警備局からつい先日回ってきた警備対策の依頼書だけではないか。ここでＮＩＡのような民間会社が何らかの行動を起こすとしたら、関連する監督官庁それぞれの立場を充分配慮したものでなければならない。テロ関連の情報を集めているというのなら、そのくらいは理解しておいてしかるべきだ。

差し迫った問題は、プルトニウムを積んだ二〇六便の車輪が故障していて、まともな着陸ができないという事実だ。このことは日本政府もまだ知らない。ド・ゴール空港の滑走路で起きたことは、幸いにもフランス政府の知るところではなかったようだ。いま一番重要なのは車輪故障を政府に知らせる前に、自分たちニッポン・インターは、核の被害者なのだと、マスコミを通じてすべての国民に理解させることなのだ。

ニッポン・インターは被害者である。放射能が積まれることなど考えもしなかった。ド・ゴール空港のセキュリティに問題はなかったか。機上も同じだ。乗客の安全に最善の手を尽くしたが、フランス当局が核種の特定に時間がかかったため、乗客乗員が被曝するという大変な被害を被った。ド・ゴール空港で発生したパンクの原因も調査中だが、滑走路上の異物の可能性が高い。ニッポン・インターは被害者である。

完璧な被害者になるにはこれしか方法がない。そのためにはもう少し時間が必要なのだ。

「貨物室に積んであると、どうしてわかるのかね」

今度は寒川が尋ねた。

「すみません。整備の堀内といいます。FOXの方は、ワインのことをおっしゃっているのだと思います。ワイン一〇〇ケース、二〇〇〇本が二〇六便のカーゴルームに積んであります」

声を上げたのは、整備の竹村の後ろに座っている、やはりあちこちに染みの付いた青つなぎの男だ。彼は会議の冒頭で着陸の危険性について、勝手に自説を述べていた。

「バーストの連絡を受けた時点で積み荷をチェックしたんです。そこでワインが積まれているのがわかりました。FOXさんもそんなことわかっていたでしょう？　ただこれが、プルトニウムの水溶液というんですか、そうとは限らないわけですよね。それより、ここでは二〇六便の故障をどうするかを話すんじゃないんですか」

「それが全部プルトニウムだったら大変だ」

「早く機長に知らせるべきだ」

「乗客が被曝でもしたらどうするんだ」

皆の声が飛び交った。安推室とメールで情報のやりとりをしていたらしい岡部のまなざしが、自分に向けられたのを柳沢は視界の隅で意識した。

「柳沢課長、政府はすでに本社から状況説明を受けたようですよ」

そうか、展開が早すぎて時間がなかったのだ。車輪故障をこれ以上伏せておくことの可否を検討した結果なのだろう。

しかしそうなれば本社の判断は尊重しなければならない。これで政府の非常災害対策本部の設置が決定的になった。

これからNIAは加害者の立場に立たされる。これで何かあった場合は、フランスから核を運んできたとか、地域住民のことを考えていないなどとマスコミが騒ぎ立て、我々は非難の矢面に立たされる。もう後に引けない。ならばこれからは何を聞かれても「万全の手はうちました」と言えるミスのない完全無欠の加害者でなければならない。

「総合的判断でそう決めたのでしょう。あえて申し上げますが、我々がこの問題を処理するに当たって、よく考えなければならないのは、プルトニウムの危険性とか、どこに積んであるとかでありません。東海村JCO事故の時に反応を起こしたウランは、たった一ミリグラムでした。しかしその損害賠償額は一五〇億円という巨額なものだったということです。もし二〇六便がプルトニウムを積んだまま事故を起こしたら、その国家的損失は想像を絶するほどでしょう。いかにして被害を少なくするか、汚染面積を小さくするかです。次に損害賠償額をいかに抑えるかも課題です。それによって我が社の、我々の未来も決まるのです」

国土交通省航空局がＮＩＡ本社から、二〇六便は車輪故障を抱えていて通常の着陸は不可能である旨の連絡を受けたのは一五分ほど前、一一時三〇分頃だった。情報は直ちに内閣情報集約センターへ送られ、内閣総理大臣および文部科学省に通報された。情報を受けた内閣危機管理監は官邸対策室の準備を、今朝から核テロを警戒して情報収集を続けていた文部科学省は、放射線事故に備えて非常災害対策本部設置の検討に入った。

■1200■機上の核

チーフパーサー《CP》席のインターホンのチャイムが鳴った。

「ＣＰの浅井です」夏子が素早く答える。

〈Ｒ5、太田です。57Ｋのお客様ですが、先ほど水を飲まれましたので脱水症状の心配はなくなりました。山崎リサさんにもお伝えください。それから、私は気づかなかったのですが、スカイマップを見ているお客様から、行く先が違うようだとの声が出ています。何があったのか教えていただけませんでしょうか〉

そういえば奥尻にコースを変更して以来、まだ皆に知らせていないしアナウンスも入れていない。緊急着陸の準備も放射能の一件があったので中断したままだ。

「もうちょっと待って。機長にアナウンスを入れてもらえるか聞いてみるから」

コクピットにインターホンを入れると、大林が出てすぐに朝霧に代わった。

〈アナウンスだが……、ちょっと待ってくれ、今衛星通信《SATCOM》が入ってきた。悪いけどこっちに来てくれないか〉

また何か新しい事態が発生したのだろうか。夏子がコクピットに入ったときには、すでに通信は終わったようだった。機長席の朝霧の表情は前より硬かった。

「アナウンスをしようと思うんだが、その前に現在の状況だ」

前に向き直ると右手を伸ばして、計器画面をボールペンの頭で指した。

「燃料なんだが、現在五万一〇〇ポンドだ。成田上空を低空飛行《ローパス》して、ギアの状況をチェックしてもらうとしたら、通常の補備燃料《エクストラ》では、奥尻でのホールド可能時間は三〇分ないかもしれないな」

言い終わるのを待っていたように、大林が航法《ナビゲーション》ログを朝霧に手渡す。朝霧は最初のページを見ながら説明を始めた。

「成田で故障している車輪をいったん降ろしたら、もう上げることはできないだろう。だから代替空港の羽田へは行けないと考えていい。羽田へ行く燃料と、四五分の予備燃料《リザーブフューエル》をすべて成田でのホールディングに使いたいと思うんだが、そうなると時間はどうなる？」

夏子への説明にしては専門的すぎる。大林と相談している雰囲気だ。大林はログを受け取ると急いで計算し直す。

「そう考えると、いまから三時間ちょっと、一五時一五分までは飛べます」

「その間にやれるだけのことをしなければならない。いろいろ考えると、正直なところ、何をアナウンスしたらいいのか迷っているんだ。車輪故障のことと放射能の両方を知らせてもいいものか。車輪故障で緊急脱出と言っただけで、大変なショックを与えないだろうか。それに逃げ場のない機内での放射能汚染を伝えたら。年配の女性が多いというキャビンで、パニック状態になったらどうしようもないだろう」

確かにいまの状況をそのままアナウンスするということは、乗客にとって「あなたの命はあと三時間です」と言われているのと同じだ。唯一の救いは、アナウンスをしているクルーも同じ運命を背負わされている、ということかもしれない。それならば事実をはっきりと伝えるのがいいのではないか。恐怖を克服して理性を引きだし、生き抜くための方策を考えることができないか。このようなキャプテン・アナウンスは本当に難しいのだろう。

SATCOMの衛星電話が鳴った。

「はい。こちら二〇六。感明良好どうぞ」

大林が返事をして、「成田フライト《F》サポート《S》・ステーション《S》からだ」と振り返って教えてくれる。

夏子にも聞こえるように音声がスピーカーに切り替えられた。

《……モニターされますので、電話にしました。先ほどの情報ですが積み込まれた放射性物質は液体で、瓶などに入れられて持ち込まれていると考えられます。こちらでは何がどこに積まれているか調査中です。わかっているのは貨物室にワインが一〇〇ケース、二〇〇〇本積んであるということだけです。発送人および荷受け人につきまして現在調査中です》
「そのワインが怪しいんですか？　被曝するおそれはあるんでしょうか」
《いえ、プルトニウムはアルファ線とかですので、このままならば被曝はほとんど問題にはならないとのことです》
大林の顔がこわばり、一瞬返事が遅れた。
「え！　それはプルトニウムなんですか！」
今度は相手が言葉に詰まった。
《……それに近いもののようです》
「何でもっと早く教えてくれないんですか！　被曝の問題がないなら、何が問題なのですか？」
夏子はプルトニウムという言葉は何回も聞いたことがあったが、それが一体どんな放射性物質なのか詳しいことは全くわからない。知っていることと言えば核兵器に使われる物質で、そのために北朝鮮の核開発で問題になっているというくらいだ。ここにいる誰もが同じなのだろう。
《それが空中に飛散した時に問題になります。そうなった場合、広範囲にわたって住民の避難ということになりかねません》
「空中で飛散するって、どういうことですか？」
《……ボトルが割れた場合などで、万が一のことを考えてです》

「しかし貨物室は構造上上空では入れないし、映画じゃないんだからどうしようもないでしょう」

《いえ、まだ貨物室のワインがそうだと決まったわけではありません。これから機内にある液体状のものすべてをチェックしていただきたいのです》

いままで黙って聞いていたコーパイ席の山園が、ちょっと俺が代わると言って交信《PTT》ボタンを押した。

「ちょっと待て。空中に飛散した時とはどういうことだ！　俺たちがまともな着陸ができないと決めつけているのか。まだ着陸装置《ギア》がどんな状態かわかってもいないだろうが！」

《はい。ですから、ギア故障の状態がわかりませんので、最悪の事態を考えまして、万が一機体に損傷が生じた場合を想定してです。非常災害対策本部の設置もそのような想定のもとに、あらゆる事態に対処すべく準備しております。それとギアの状態がわかっていないと同じように、放射性物質がどのくらいの量積まれているのかもわかっていないのです。そのために日本海上空でホールドして、機内の液体状のものをチェックしていただきたいのです》

大林は自分が答えてよいものか、山園の様子を窺っているようだった。山園の手がPTTボタンから離れたのを見て、再び大林が交信を開始した。

「了解しました。すべての液体となると、……ラバトリーの水洗の水までという意味ですか？」

《現在、そこまでは必要ないと思います。乗客の持ち込み手荷物を主に、そのほか棚の奥など目に付かないところに何か積み込まれていないかということです。パリではテロの可能性は低いと言っておりますが、警察の捜索は清掃や搭載を含めて、出発準備のために機内に入った関係者す

べてを対象にしているそうです。現在まで不審者は見つかっていないとのことです》

「了解しました」

夏子にも爆発炎上したら大変なことになるということはわかるが、車輪故障イコール着陸が確実に失敗するとは限らないという考えが頭のどこかにあった。それはCAやパイロットなら誰でも持っている感覚、すなわち自分の飛行機は絶対に落ちないという思いこみかもしれないのだが。

朝霧が大林に自分が話すと合図をして、PTTボタンを押す。

「機内で乗客の持ち物を調べる以上、その理由を説明して納得してもらわなくてはならない。そのためにはもう少し詳しく放射性物質のことを知りたい。誰か詳しいのを出してくれ」

《了解しました。しばらくお待ちください。こちらからコールバックします》

大林は交信が終わるのを待っていたように、口をとがらせた。

「いくら安全だと言われても相手は放射性物質ですよ、目に見えないんですよ、誰がチェックするんですか？　チェックってどうやってするんですか、CAだっていやがりますよ。僕らだっていやですから」

「あいつらいつでもそうだ。自分たちは安全な場所にいて、やることはいつも責任逃れだけだ。液体状のものをチェックしてくださいだと？　いままで何も教えないでおいてよく言うよ！」

二人とも事務屋不信を露《あら》わにしている。いくら文句を言っても、お互いに本当のところはわかっているはずだ。乗客の安全を守るためにも、地上の人たちの安全を守るにも、放射性物質を見つけないことには問題は解決しない。どうしたらそれが放射性物質だとわかるのか。機上には測定器もなければ知識もないのだ。

大林が補助席《ジャンプシート》から身を乗り出した。

「キャプテン、乗客から聞き出すといっても、あなたは液体状のものを持っていますか？　なんて聞いてもわからないじゃないですか」

「確かにそうだが、まずアナウンスをして現状を説明しようと思う。あとでわかった時のことを考えると、放射性物質のことはすべてを明らかにした方がいいような気がする。山園さんはどう思われますか？」

前方を見ていた山園が首をかしげながら朝霧に向き直った。

「いきなりそんなことをアナウンスしていいんですか？　もしその放射性物質がテロリストによって持ち込まれていたら、ばれたと知ってその場でばらまかれる可能性も考えておかないと……」

確かに山園の言うとおりだ。朝霧も考えつかなかったらしい。先ほどの情報ではテロの可能性は低いと言っていたが、なぜそう言い切れるのだろう。プルトニウムを機内でばらまかれたらどうなるのか。被曝はしないが空中に飛散したときに問題になると言っていた。大林が中央計器台《ペデスタル》の上に再び身を乗り出した。

「機内の空気は燃料節約のために半分くらいが循環されていますから、飛散したプルトニウムも機内を循環することになります。その空気の中にいる僕らは被曝しないんですか？」

ともかくわからないことだらけだった。地上《した》が呼んできた。大林が応えると、放射性物質に詳しい者に代わると言って、すぐに年配の男の声がスピーカーから流れてきた。
《二〇六便さん。安全推進室の岡部と言います。航空機テロの調査分析をやっています。放射性物質についてのご質問があると伺いました。どうぞ》
　大林が朝霧に「どうぞ」とジェスチャーをする。
「機長《PIC》の朝霧です。まず、なぜこの機体に放射性物質が積まれていると断定できるのですか？その辺《あた》りのところを説明してください」
《はい。反応があったタンゴ・フォー・ゲートから出発した航空機は当社便の前に五機、後に一機です。それらはターミナル・ワンの二四番通路や、反応があったカウンターなどは使用していません。すべての条件に適合するのは当社の二〇六便だけということです》
「了解。で、その放射性物質は？」
《まずパリで持ち込まれたので、こちらでは調べることも検査することもできません。パリからの連絡が唯一の情報源です。それによりますとプルトニウムの水溶液に、ガンマ線源のセシウムとか、ストロンチウムなどのベータ線源が混入していると考えているようです。原子力発電所か、再処理施設からの放射性廃棄物の可能性が高いです。フランスの空港警察は二〇六便のタイヤの故障については知らないようで、成田に到着した時点で機体の搭載物を調べれば、何が積まれているかはっきりすると考えているようです。その上で放射性物質を隔離するように求めています。わかっているのはそれだけです》
「被曝しないというのはどういうことですか」

《プルトニウムの多くはアルファ線源ですので、飛距離が数センチと短く、粒子が大きいので皮膚を通ることができません。ですからプルトニウム溶液の入った瓶を手で持っても大丈夫、ほとんど被曝しません。ほとんどというのは今回の場合はほかの線源が混じっているのと、ほんのわずかですが中性子線も考えられるからです。現在貨物室に積まれているワインに疑いがかけられていますが、機内にある液体状のものすべてに疑いがあり、調べる必要があります》

「プルトニウムが空中に飛散すると危ないというのはなぜです？　というのは仮にテロリストが乗っているとして、それを機内でばらまく可能性もあると思われるのでね」

《はい。プルトニウムが怖いのは、それが体内に入ったときです。火災や爆発で微粒子となったプルトニウムは空気と共に肺に吸い込まれ、そこに付着して半永久的に細胞を破壊し続けます。肺から血液中に溶けたものは、骨や肝臓を冒します。耳かき一杯で数千人がガンになるといわれるほど猛毒な物質ですので、飛散すると大変なことになります》

「テロリストがばらまく件についてはどうでしょうか？」

《こちらでもテロリストがばらまくかどうか、その可能性を考えました。通常、テロリストの行為は、自爆か殺人です。都市でばらまくのならダメージは桁外れに大きくなりますが、機内で放射性物質を撒いてもその場では死ねませんし、相手にもすぐ影響が出るわけではありません。空の上では目に見える効果がありません。客室にはスカイマップがあり、航路から外れていることを犯人はすでに知っているはずです。そうなりますと、すでに何らかのアクションを起こしていないとおかしいのです》

「どうしてそう言い切れるのですか？」

《犯人は放射性物質に詳しいと考えられるからです。同時多発テロのように、ハイジャックしてから機体そのものを武器として使うとすれば、原発の使用済み核燃料を貯蔵するプールに突っ込むことを考えるのではないでしょうか。プールの水が抜けるとすさまじい燃焼を起こし、大量の放射性物質を大気中に放出します。東海村でも福島でも新潟の柏崎《かしわざき》でも、どこでもいいわけですから。被害はその方がはるかに大きいんです。たぶん日本の半分は人が住めなくなるくらい汚染されます》

「なるほど、了解……」

《こちらの分析では、今回のケースは航空機テロではなく、テロ組織が何らかの目的のために輸送しているのか、間違ってというか、知らずに持ち込まれたのではないかというのが結論です》

いままで黙って聞いていた山園が割って入った。

「中性子とかほかの線源では被曝しないのか？」

《被曝します。ただ放射線の強さは距離の二乗に反比例しますので、どこに積んであるかがわかれば、なるべく離れたところに移動したり遮蔽《しゃへい》するなど方法はあります。どちらにしても短時間なら許容量以下でしょう》

「冗談じゃない！　被曝するじゃないか！　被曝はどこまでが安全なんだ」

《絶対安全はありません。ただ輸送という見方をしますと、途中で見つからないように放射能漏れを防ぐ手だてがされているとも考えられます》

山園は不愉快そうに了解とだけ言ってＰＴＴボタンから指を離した。

「ＰＩＣの朝霧だが、だいたいのところは了解した。私はこの先もまだハイジャックの可能性が消えたとは思えない。もしハイジャックされて東京に墜落したら被害はどのくらいになるだろうか」

《こちらでもテロリストがハイジャックして、都市に突っ込むというシナリオも想定しました。放射性物質が放出された場合に備えて、国には緊急時迅速放射能影響予測ネットワークシステム《スピーディー》というものがあります。その影響を計算し予測することができるのですが、しかし機上にある核物質の量と濃度が特定できていないので、国も文部科学省もそれに対しては何とも答えておりません。ただ……》

「ただ？」

《……これは私の考えですが、無風の場合ですと……たとえ一〇リットルでも積まれていたら、最悪の場合は墜落地点から半径一〇キロくらいの地域が汚染されて、〇・一レムの許容量は超えるのではないかと……思います》

「一〇キロというと、東京の中心部の大部分が汚染されることにならないか」

《はい。いま東京は小雨が降っていますので、ウオッシュアウトされて範囲はもう少し狭まるかと……。それから風の影響ですが、弱い北東流が入っています。これですと爆発で生じた放射能雲は距離軸に対しておよそ四分の一の幅で広がる扇状の範囲内を移動すると思われます。つまり距離一〇〇キロ離れると幅で二五キロぐらいですか、そのなかで汚染が発生する計算になると思

います。その場合は神奈川県も……》

「了解した。ともかく充分注意するつもりだが、ハイジャック信号には特に注意をしておいてくれ。機内のチェックが終わったら連絡する。岡部さんでしたね。わかりやすい説明だった。ありがとう」

《了解しました。私はスタンバイしてますから、いつでも呼んでください》

よどみがなく、説得力があって信用できる口調だった。ＳＡＴＣＯＭ通信を終え、夏子を含めてだいたいの状況がつかめた気がした。

「まず放射能からかたづけよう」

朝霧がつぶやくように言った。大林はうなずいたが、山園は疑い深そうな表情のままだ。

「あいつらハイジャックが発生したらどうするつもりなんですかね？　ハイジャックされて東京へ向かうことになったら、戦闘機が飛んできて俺たちを撃墜するってなことになりますね」

大林が首をかしげた。

「犯人は放射能や核に詳しいと先ほどの連絡にもありましたけど、ハイジャックしたら行く先は東京より原発でしょう。原発ならさらに大きな汚染になるから、戦闘機による撃墜もあり得ますけど、東京では自分たちを撃墜しても無意味です」

「なぜ？」

「撃墜しようが爆破しようが放射能は残るわけです。海に落とせば海洋汚染が広がるだけですし、陸上なら土壌と水と作物と、それに空中爆発でも引き起こしたら、汚染を地球規模で世界に広めることになりますから、戦闘機による撃墜は逆効果です」

「テロリストにしてみれば、それはどうでもいいことだろう。そうじゃない。地上の奴らは自分のところさえよければどうでもいいんだ。東京とか大阪とか大都市を外して海上に撃墜しておけば、あとは作文でどうにでもなるからな。事故報告書と一緒さ」

投げやりな言い方に、若い大林がむきになった。

「事故報告書はそんなことないでしょう」

「あるんだな。担当者が三つか四つの作文を書いて、政、官、産の当事者にとって一番当たり障りのないものが正式文書として選ばれる。最近の事例を見てみろ、書類送検されるのはパイロットや管制官がほとんどだ。そんなもんだ」

「そんな……」

いま、こんな話をしているときではないと夏子は思った。関心を問題解決に向けないと時間がなくなる。それに山園も大林も興奮して、落ち着きを失いかけている。朝霧が右手を振って二人の話に割って入った。

「それはいま話してもしょうがない。これからどうするかだ。ともかくアナウンスをして、キャビンの疑問を解消しないとな。そうだろう、浅井さん」

答える前に山園がこちらを向いた。

「それはまだ早いかもしれませんよ。怪しいのはカーゴルームに積んであるワインでしょう。それが疑わしいのであれば、キャビンで何をやっても無駄ですよ」

大林はログに書き込んだメモを読み直し、顔を上げた。

「さっきの連絡では放射線は搭乗ゲートでも見つかったといっていました。でもカーゴエリアで見つかったというニュースは入っていません。ですからカーゴルームに積まれているものは、クリーンだと思いますよ」

「だとしたら何で地上はワインが怪しいようなことを言うんだ？」

「それこそ彼らの作り事で、すべての液体が怪しいと言っているんです。それに……」

「それに、何だ？」

山園がいらついた調子で問いただした。

「いえ、仮に怪しい液体が見つかったとして、放射能があるかどうかどうやって調べろというんでしょうか？　ここにはなんの測定器もないんですよ」

「何かないのか！　水を入れると反応するとか、触ると熱を持っているとか」

「ともかくガイガーカウンターのような計測器がなければ無理ですよ。アルファ線は岡部さんが言っていたように、飛距離が短いから、よほど近づけないと計測できないはずです」

「よし、わかった。どちらにしてもキャビンを調べて、不審な液体を探すしかない。持ち主のない液体があるかもしれないしな。無駄にはならないだろう。緊急着陸の準備は後にして、まず放射能の問題をかたづけたい。そのあとで俺たちはこの先何をするのが一番いいか考えよう」

朝霧が先ほどより強い調子できっぱりと言った。夏子はキャビンに戻るために立ち上がった。

■1215■汚染

成田空港支店のC会議室には新たに電話が二本追加され、一台が岡部と寒川副支店長の間に、もう一台がFOXの柳沢の机に設置された。二〇六便との会話を終えて受話器を置いた岡部に、竹村を含めた皆の視線が集まった。

「放射能については複雑ですので、大雑把な説明はしておきました。機長さんは犯人が同乗していて九・一一のようにハイジャックされた場合、東京に突っ込んだらどのくらいの被害になるかを心配されていたようです」

「……朝霧さんらしいな」

寒川がつぶやいた。

「それで柳沢君、この先どうするつもりだ？」

「FOX本部の指示を待っているところです。まだ本社の対策本部との調整に時間がかかっているようですが、ちょっと確認させます」

柳沢が何か耳打ちすると、坂井が会議室から出て行った。

竹村は先ほどの演説のような柳沢の発言が頭から離れなかった。あの金縁眼鏡の男は、なぜここで損害賠償などと心配するのか。放射能のことは説明しても無駄のようなことを言いながら、話題を放射能に向けるようにしている。ＪＣＯの例まで出して、会社の存続を心配しているかと思えば、二〇六便を着陸させることが、国家的損失につながるかのような言い分だ。いまはいかに安全に降ろすか、ということを考えなければならないのに、さっきからその話には触れないように仕向けている。全く自分たちの努力を無視した発言ではないか。ここにいる皆とは考えを異にしているように感じられる。一体何を目論んでいるのだろう。

「放射能の問題は簡単には解決しないだろう。それより二〇六を早くこちらに向かわせて、整備の堀内君だったかな、彼が言ったように地上から車輪の具合を見たらどうかね。もし大丈夫そうならそのまま着陸して、だめならそれから考えても問題ないだろう。違うかね」

竹村は寒川の発言が、自分に向けられた質問だと気が付くまで、一瞬だが遅れがあった。

「それができないのです。ちょっと説明させていただきます」

やっと主脚の故障に話題が戻った。竹村はスクリーンの前に進み出た。

「今朝もご説明しましたので、ある部分重複すると思いますが、その後から参加された方もいらっしゃいますので」

映し出されている主脚部分の拡大図に、レーザーポインターをトレースする。

「タイヤ二本がバーストしている左胴体主脚《ボディーギア》です。機上でも不具合点を感知できないと言っておりますが、この部分の断線が原因かと思われます。具合の悪い車輪は、目視点検のために車輪を出すだけでも、ダメージを引き起こす可能性があります。車輪が出たままでは空気抵抗が大きく、燃料を三割ほど多く消費しますのでもうどこへも行けません。成田か羽田しか着陸可能な飛行場はなくなります。そのうえ車輪をいったん出してしまいますと、再び引き込むことはまずできないと思われます。ダメージをさらに拡大させることにつながるからです。地上からの目視で車輪が半分なく、部品がぶら下がったり外れたりしていることがわかった場合ですが、そのような中途半端な状態での着陸は、胴体着陸と同じように、あるいはそれ以上に危険と考えられます。着陸するのは危険だとわかっても、車輪を出した以上、そのまま降りるしかありません。ですから車輪を出すかどうするかは、あらゆる条件を検討した上で決められた方がよいかと思います」

寒川がため息を漏らした。

「何か方法はないのかね」

「一つあります。現在はすべてのギアは引き込まれています。今のところ飛行には支障が出ていません。ですから車輪を出さないで着陸する方法です。といっても胴体着陸ではなく、ボディーギアを引き込んだままにして、残りのギアだけで着陸させようというのが我々の考えです」

竹村の操作で画面が油圧系統の略図に代わった。

「概略を説明させていただきますと、左右ボディーギアは油圧《ハイドロ》システムで作動します。それが故障すると車輪は引き込んだままになります。ですから意図的に機上のスイッチを切ることで、ハイドロが故障したと同じ状況を作り、ボディーギアを引き込んだままにします。ただこの場合は、連動している機首車輪《ノーズギア》も引き込んだ状態になってしまいます。主翼主脚《ウイングギア》二脚は正常に作動しますが、機首部分の胴体は地面と擦れますし、五脚のうちのウイングギア二脚だけでの着陸ですので、強度的に持つかどうかは未知数です。この場合油圧を一つ切るので、操縦装置にも影響がでます。動きが鈍くなり、着陸はやりにくいだろうと思います」

岡部が手を挙げた。

「私は安推室にいましても、事故分析が専門ではないのですが」

鞄から出したファイルをめくる。

「これと同じような事故例があります。一九七二年に起きたＪＡＬの事故です。羽田発アンカレッジ経由ハンブルク行きのボーイング７４７型機で、アンカレッジ空港に着陸の際、ノーズギアが格納されたまま着陸したものです。原因は不明でしたが、乗客、乗員ともに全員無事でした。それから考えますと、ノーズギアなしでも危険性は高くないと思いますが、いかがでしょうか」

説明が終わるのを待っていたかのように、寒川がスクリーンを指さした。

「その、いま岡部さんが言ったようにうまく着陸できるのなら、放射能のことを考えるほどのこともないじゃないか。そのまま降ろして何かまずいことでもあるのか」

その通りなのだ。安全に降りられるのならば放射能は二の次になる。だから最初から着陸方法を考えることに専念してればよかったのだ。

「はい。まだ検討中の段階ですし、アンカレッジの場合は五脚のうちの一脚だけが出なかったケースです。通常ですとノーズギアには三パーセントから五パーセント程度の加重しかかかっていませんが、今回考えているウイングギア二脚だけで着陸の場合は未知数です。誰もやったことがないのと、確実にうまくいく保証はありません」

「安全に着陸できるとは言い切れないのか」

整備の藤倉部長が首を振るのがちらっと見えた。

「残念ながら言い切れません。故障の状況がはっきりしませんし、この方法はチェックリストにありませんので、乗員が納得するかも疑問です。しかし可能性のある策であることには間違いありません」

「機長はその方法を何と言っているんだ」

「いえ、まだ機長には知らせておりません。着陸できる飛行場が決まらないと、……以上です」

ドアがノックされ、つなぎ姿の矢野が入ってきた。竹村の席まで来ると、そっとメモ用紙を渡した。

「まだいるのか。もう帰ってもいいぞ」

そこには二〇六便からダウンリンクされたデータが書かれていた。まだリミット内ではあるがナンバーツー・ハイドロの容量が減っている。

「やはりどうなるか気になるので」

竹村がうなずくと矢野は静かに戻っていった。説明は藤倉部長が続けていた。

「先ほども申しましたように、プルトニウムを積んだ飛行機を、しかもそれが安全に着陸できるかどうかわからないとなると……、局が許可するかどうか」

「岡部さん、もし着陸失敗ということになった場合、どんな被害が予想されるかね。成田で起きたとしてだが」

副支店長に聞かれて岡部は「はい」と返事をしたあともしばらく計算を続けていたが、やがて立ち上がった。

「火災となると航空燃料のケロシンと、プルトニウムの再処理に使われる薬品が混じっていればそれも燃えますし、それと硝酸が反応して、これも分量によりますが爆発的な燃焼が起きる可能性も考えられます」

「プルトニウムによる汚染は？」

「はい。成田の場合はごらんのように霧雨で弱い北東の風です。成田から東京までの距離を約七〇キロとして、爆発と火災によって空中にまき散らされたプルトニウムは、この風に乗ってたぶん五時間後には東京を襲う計算になります。プルトニウムの一人あたりの肺に取り込む限度は、重量にして四〇〇〇万分の一グラムですから、たとえ一グラムでも大変なことになります。その前に成田空港から人を避難させなくてはなりません」

「ちょっと待ってくれ、そうなると消防も救急隊も来なくなるわけか？」

聞かれた山根が慌てて電話機に手を伸ばした。その間、寒川は腕を組んだまま考えているようだった。山根が電話を終えた。

「核《N》・バイオ《B》・化学《C》テロの場合ですが、特に放射能が絡んで来ますと、国が管理する第一種空港でも、通常の消防や救急隊では対処できないそうです」

「二〇六をこちらに向かわせることはできないということか。そう考えていいか？」

「はい。人口密集地は避けた方がよいと思います」

寒川は二、三回うなずくように首を振るとゆっくり顔を上げた。

「あの飛行機を受け入れるところがあるだろうか」

返事ができる者はいなかった。

坂井が戻ってきた。渡されたメモを読み終えると柳沢が顔を上げた。

「副支店長、国土交通省から本社対策本部へ入った連絡です。それによりますと大規模災害発生のおそれがあるので、現在飛行中の二〇六便は東京、大阪など大都市近くの飛行場への着陸は許可できないとのことです」

言い終わると、電話機を手元に引き寄せた。

「ちょっと聞いてみましょう」

柳沢は受話器を耳にメモを取り続けていたが、ボールペンを持った右手がゆっくりと上がり、折り返し電話すると言って受話器を置いた。

「本社の対策本部と話をしました。それによりますと文部科学省に放射能の専門家が招集されている模様です。非常災害対策本部がまもなく設置されるだろうということで、とりあえず国土交通省と文部科学省の非常災害対策センターなどと連携を取って、具体的な地上の安全対策を考えていると言ってました。しかし機上のことに関しては、本社でもリアルタイムで状況が把握できませんから、この現地対策本部で方策を決めるようにとのことです。それが決まったら国は全面的に協力する態勢にあるそうです。自衛隊にも出動態勢を取るように指示が出されました。この二〇六便本来の成田到着予定時刻である一三時一〇分に、科学技術学術政策局で緊急記者会見が開かれる予定でしたが、現状では間に合わないので、一四時までに方策を決めるようにとの社長命令です」

いまのメモで読み上げなかった部分、〈被害を最小限に抑えるには二〇六便を海上に降ろす以外にないというのが上部の考えである〉というほうが、柳沢にとってははるかに現実味があった。

故障した機を地上に降ろして、万が一爆発炎上となっても、消防も救急隊の助けもない。しかも膨大な面積が汚染される。その国家的損失はとうてい政府の力で解決できる規模のものではないし、賠償とて一企業の手に負える額ではない。自分たちの未来も会社の存在もなくなる。

何もそんな危険を冒してまで地上に降ろすことはない。消防も救急隊の助けもないとなれば、二〇六便を海上に降ろしても同じだろう。当然ひどい海洋汚染となることは覚悟しなければならないが、同じ爆発炎上なら地上よりは間接的で被害も少ないと思われた。不運な乗客のことを考えると心が痛むが、これは決して自分たちのためだけではない。日本国全体のためなのだ。

一二海里以上離れれば日本の領海外だ。そうなれば単なる飛行機事故となり、海洋汚染といっても、あるいは汚染された魚を食べたからといって、因果関係など証明できるわけがない。会社は遺族に見舞金を支払うだけで、後は保険会社が引き受けてくれる。政府にとっても会社にとっても一番打撃が少ない方法だ。消防や救急隊の助けもないとなれば、これを受け入れるしかないだろう。

柳沢は、この会議では問題の解決はできないと感じていた。あまりにも雑多な人間が入りすぎている。今回に限らず仕事上で起きる問題は、能力のない者がいくら集まっても何もできない。政府内部には、凡人の批判など問題にもせず、先を見通した決断ができる優秀な人材がいることを、柳沢は改めて感じた。ここで話し合われていることは、何の解決にもなっていない。

■1230■二〇六便

食事のサービスも終わり、到着時間も間近というのにアナウンスもなく、キャビンの壁にはスカイマップが映ったままだった。去年の夏の旅行の時には、到着一時間前に成田入国案内のビデオが流された。それが始まったら夫を起こすことになっていたが、ちょっと前に新潟から成田に向かっていたルートが消え、かわりに北海道が映り、成田到着予定時間が消えてしまった。塚本《つかもと》咲恵《さきえ》は周りを見渡したが、そのことに気づいている乗客はいないようだった。

心配になったので、隣で寝ている夫を肘で突いてみたが、白い眉の下の窪《くぼ》んだ目をこすりながらビデオはまだ始まっていないと、ぶつぶつ言いながらまた寝息を立ててしまった。あきらめて前方のスカイマップに目を戻すと、飛行ルートの画面が消えている。入国案内のビデオが始まると思って待ったが何も映らない。そうなると到着時間が気になった。咲恵は誰か聞ける人を探して落ち着かなくなった。

先ほどの端正な顔立ちをしたキャビン・アテンダントは、と見ると相変わらず男性乗客と話し込んでいる。咲恵はよいしょとつぶやいて身体をひねった。後ろを向いて手を振ると彼女が立ち上がった。しかし立ち上がったのは、壁の物入れから紙袋を取り出すためだったらしい。両手で支えた紙袋を男の横に置き、そこから紙に包まれた細長い箱を取り出した。梱包を丁寧に取ると中からワインが現れた。彼女はそれを男に見せた。それを見た男が感心しているところを見ると、かなり高価なワインに違いない。咲恵は後ろにひねった身体を前に戻し、キャビンの反対側を見渡した。しばらく前から、色白で男の子のような体つきのキャビン・アテンダントが、具合が悪そうな若い男を時々見にきている。彼女は親切そうだった。そう思って探したがいまは見あたらない。

「お客様、何かご用でしょうか」

背後から声をかけてきたのは、あの親切そうなキャビン・アテンダントだった。短くカールした髪型や身体にぴったりとフィットしたブラウスが、遠くからだと男の子のような体つきに見せていたのだろう。

「あなた、先ほどからあの具合の悪い男性を見ていらした方ね。あの方、具合はもうよろしいの?」

「はい。今のところ落ち着かれていると思います」

「それはよかったわ。私もさっき後ろのお嬢さんに、あの方のご様子を見てってお願いしたの。でもよく注意してみてくださらなかったのよ。それで気になっていましてね、あなたは偉いわ。具合の悪い方にも親切で」

「ありがとうございます。私、前は病院に勤めていましたので、慣れているだけです」

言われてみれば、確かにあの乗客をみているときの物腰は、看護師さんのようだった。

「あら、そうだったの。そういう方がいらっしゃると心強いわ。主人も風邪をこじらせて一週間ほど入院して、点滴を受けましたのよ」

咲恵は隣で寝ている夫に顔を向けた。あの入院で白髪が一気に増えたようだ。

「この人、中学校の校長でしたの。それも二年ほど前に退官いたしましてね、今年で結婚三〇年なんですよ。その記念にもう一度パリに行こうかって言っていた矢先の入院でしょう？　やっと治ってそれで行くことができたんですの。パリには息子夫婦がおりますのよ。去年の夏に孫ができましてね、そのときもあなたの会社の飛行機に乗せていただいたんですの。そうそう、それでね、あの壁に映っていた地図が消えてしまったの。あれはいつも映っているんでしょう？　でもさっきは北海道の方に向かっていたようなのよ。成田には何時頃着くのかしら？」

彼女は咲恵に言われるまで、マップが消えたことを知らなかったらしい。彼女は画面と腕時計をちらっと見て、気が付きませんでした、ありがとうございますと礼を言った。

「到着が少し遅れておりますが、ちょっと聞いて参ります」

彼女が立ち去ったあと咲恵は目を窓の外に移した。蒼い空と静かな海しか見えなかったが、窓に顔をくっつけて目をこらすと、はるか彼方《かなた》に陸地がかすんでいるのがわかった。日本だ。北海道かしら、隣の夫に教えようとしたが相変わらず寝息を立てている。成田は雨と聞いていたのに、窓から見える陸地は緑で所々に白い雲が浮いている。のんびりとした風景は平和そのものだった。

キャビンのスピーカーから男性の声が流れた。咲恵は驚いて目を機内に戻した。いつの間に現れたのだろう、キャビン・アテンダントが各非常口のところに立って、客席の様子を監視しているかのような気配だ。

〈……の朝霧です。先ほどから、「スカイマップが映らない」との苦情を、何人かのお客様からいただいておりますが、そのことにつきましてご説明申し上げます。当機は北海道の七〇キロほど西の海上を管制の指示により飛行しております。お気づきの方もいらっしゃると思いますが、これは通常のコースからは若干外れております。なぜこのような状況になっているのかを、ただいまからご説明させていただきます。先ほど地上から、この機体のタイヤがパンクしている可能性がある、との一報が入りました。驚かれていらっしゃるとは思いますが、機上ではまだその状態について確認できておりません。地上でもデータ等を集め検証中ですが、通常の着陸で支障があるのかどうか、はっきりしたことはわかっておりません。まもなく結論が出ると思いますが、万が一のことを考えましてその準備をさせていただきたいと思います。Ladies and Gentlemen, This is your pilot Cpt.Asagiri……〉

英語が終わってアナウンスがいったんとぎれた。乗客は驚きとそれによる緊張のためか、口をきく者もなくキャビンは静けさを保っている。咲恵も慌てて隣で寝ている夫を揺すって起こした。

機長アナウンスが続く。

〈……皆様のご協力に感謝いたします。それから新たな問題が発生いたしました。パリ並びに日本の当局より、この便に放射性物質が持ち込まれた可能性があるとの報告を受けました。現在事実確認を行っており、この先の空域で待機するように指示を受けました。そのためにスカイマップ上に成田到着予定時刻などの表示が出なくなっております。放射性物質による被曝などの心配はなく、またタイヤパンクとこの件は偶然に重なって発生したことで、テロ等の可能性は低いとのことです。私どもは着陸時の安全のために万全の処置を取りたいと思っております。そのためには当該放射性物質が、どこにどのくらいの量が積まれているのかを正確に把握する必要がありますのでその作業を行う上で、皆様のご協力が必要となりました。これが完了いたしましたら次の段階に移りたいと思います。お急ぎのご旅行中にご迷惑をおかけいたしますが、非常事態発生ということで、安全のため今後は私ども乗務員の指示のもと、冷静沈着に行動していただきたく、皆様のご理解とご協力をお願いいたします〉

アナウンスが終わったキャビンには、再び異常な静けさが続いた。やがてあちこちでCAを呼び出すチャイムが鳴り、乗客同士が話し合うひそひそ声が急速に広がった。片目を開けてアナウンスを聞いていた夫は聞き終わると、やっと起きあがった。

「今さら騒いでもどうしようもないよ」

大きなあくびを一つするとカメラを取り出し、機内の様子を写真に収めはじめた。そういえばあの若い男はと、咲恵は反対側の窓際を覗いた。男は眠り込んだままだった。

アナウンスが女性の声に変わった。ざわついていたキャビンから人声がしぼむように消え、動きも止まった。いままで気がつかなかった赤ん坊の泣き声が、キャビン前方から聞こえてくる。

〈機長からのアナウンスにもありましたように、放射性物質が持ち込まれた可能性があるとの情報が入りました。それによりますとその放射性と思われる物質は液体状とのことです。ただいまから放射性と疑われる物質を、皆様から隔離した場所に移動する作業に移らせていただきます。皆様の安全のため、お手元にお持ちの液体状のものを、お見せいただくよう機長より指示が出されました。機内のサービス品は対象外ですので結構です。個人的にお持ち込みになりました液体状のもの、たとえばワインやミネラルウオーター、ジュースなどですが、客室乗務員が回りますのでお見せいただきたいと思います。お店で購入されたものは包み紙などそのままで結構です。いまあるそのままの形でお見せください。恐れ入りますが、ただいまより準備をお願いします〉

アナウンスが終わると、あちこちでアテンダントコールが鳴り騒然となったが、すぐに天井の物入れを開け閉めする音が聞こえるようになった。

「私たちは何もないわね」

咲恵はカメラをいじっている夫に念を押した。二人ともワインは好きだったが、フランスからわざわざ重い瓶を下げて持ち帰ろうとは思わなかった。前の席にいる乗客も天井の物入れから紙袋を取り下ろしている。咲恵は上体をそっと横にずらすことで、座席の隙間からその中身を覗くことができた。包み紙に巻かれたワインの瓶らしきものが三本、紙袋に入っていた。咲恵は伸び上がって写真を撮っている夫を、肘で突くと耳元でささやいた。

「前の人、ワイン持っているわ。三本よ」

「そんなにのぞき込むなよ」

今度は夫が耳元で注意した。

「でもな、放射能を機長さんはどうやって調べるつもりなんだろうな。目には見えないし臭いもないんだぞ」

「なにかあるでしょうよ。国際線ですもの」

「そうかな」

「あなた。やめてくださいよ、また何か変なこと言い出すのは」

〈それではただいまより、客室乗務員がお客様の席を回りますので、お持ち込みになりました液体状のものをお見せいただきたいと思います。何かご質問がありましたら、いつでもお声をおかけください〉

紙袋や包み紙を解く音が聞こえはじめ、おみやげに買ったワインやブランデーなどが各人の座席前に置かれた。前の席の乗客も免税店の袋を足元に出したようだった。咲恵はもう一度のぞき込んだが、包装紙に包まれていて中身は見えなかった。通路前方から、嫁に似ているあの娘が、白い手袋を着けて、客席を見回りながら近づいてくる。前の席の乗客がスチュワーデスさんと声をかけた。

「たくさんタイヤが付いているようだから、一つくらいパンクしても安全に着陸できるんだろう？それとこれ見ただけで放射能がわかるのかい？」

「はい。機長は安全に着陸できると言っております。放射能は私にはわかりませんわ。お客様の中で、ご自分でお買いにならなかった飲み物など、液体のものをお持ちの場合に、報告するようにと言われています。おみやげに贈られたものや、お知り合いからお預かりになったワインなどです」

「それで、どうするんだい」

「はい。後はわかりません。機長からはそこまでしか指示されていませんし……。たぶんお客様から離れた場所に集めるのだと思います」

それを聞いていた夫は、あなたやめなさいよと咲恵に袖を引っ張られたにもかかわらず、押し切るように身を乗り出した。

「きみ、それじゃあ放射能があるかどうかもわからないじゃないか。どうやって放射能を計るのか機長さんにちゃんと聞いてきなさい」

彼女の端正な額に縦皺が浮かび、一瞬言葉が詰まったが「わかりました、しばらくお待ちください」と前方に引き返していった。前席の乗客が振り向いて声をかけてきた。

「いや、大変なことになりましたな。確認するように言ってくださって、ありがとうございました。ワインを持っているだけで、疑われているような目で見られて不愉快ですよ。しかも確かめる方法もわからないとはね。お宅もワインか何かお持ちで？」

「いえ、宅は何もございませんの。主人が失礼いたしました」

咲恵は身を乗り出して頭を下げた。

太田鈴江もチェックにまわっていた。やはりワインのおみやげが一番多く、免税店で買ったものがほとんどを占めている。機長の言う〈持ち主不明の液体状のものが入った瓶〉などは見つからず、店で買わなかったものは、記念にもらったというシャンパン一本と、同じく知人からのみやげというワイン二本があっただけだった。その三本を出したままにしておいて、ほかの乗客のものはすべてしまってもらう。57K席の男性は相変わらず眠り込んだままなので、ほかの乗客が終わってから、一番最後にすることにした。

鈴江の頭にいまも引っかかっているのが、先ほど見た昭子のワインだ……。

モデルをしていた昭子といると、男性から声をかけられることも多い。中東系の若い男に声をかけられたのは、オペラ座近くのワイン店から昭子と二人で出てきたときだった。最初は無視した。だがその男は決して怪しい者ではない、店は持っていないが車でワインを売っているので、ぜひ見てほしいと追いすがってきた。服装も態度もきちんとしていて、睫毛の長い目が正直そうだった。あなた方は普通の観光客には見えないがエアラインかと言いながら、客の名刺を三、四枚並べて見せた。その中にはソムリエの資格を持つ先輩の名前もあった。

男は人なつこい笑みを浮かべながら、二人をそばに止めてあった中型バンへ案内した。中は暗くてひんやりと涼しく、棚にはワインが箱ごと積まれている。匂いと雰囲気が、去年ツアーでたずねた農園のワイン・セラーを思い起こさせた。

「ワインが並んでいるとどうしても引き込まれてしまうのよ。パリで日本人が掘り出し物を探しても無駄だとわかっていてもね」

小声でささやく昭子は、雰囲気に興奮している様子だった。男は早速箱を開けると今日のお勧めはこれですといってボトルを取り出した。「知らないエチケットよ」と昭子が耳打ちする。聞くと中東レバノンのワインだと自慢げな答えが帰ってきた。フランスがワインを作るずっと前、いやローマ帝国がフランスにワインの作り方を教えるずっと前、キリストが生まれる三〇〇〇年も前に、私の祖先のフェニキア人はチグリス河の上流でワインを作っていたんだ。フランスのワインもいいけど、まあ、このワインを試してごらんとグラスに注いでくれた。

カルベネソーヴィニオン系の赤黒く濃いルビー色、杉の木のような、黒胡椒のようなアロマと……、昭子は小さな声で説明しながらワイングラスに口を付けた。鈴江もそんなものかと思いながら一口含んでみる。なめらかで深みのある味わいがふわっと広がった。その時は自分がソムリエになったような気分に浸った。男はすかさず日本での販売価格の載ったパンフレットを見せて、それより二割引くがどうかと昭子に聞いた……。

鈴江が右側最後部のR5ステーションへ戻るとインターホンが鳴った。

「はい、R5太田です」

〈スー、今川ですけど、もう終わった?〉

「いまちょうどチェックが終わったところです。シャンパン一本とワインが二本あります。57Kの男性なんですけれど、まだお休みになってます。あの方からお預かりした、持ち込み手荷物はどうしましょうか」

その男性は乗り込むときにスーツケースを下げて入ってきたのだ。ただこのような状況になる

と、疑わしいのと気味が悪いのとで、あまり近寄りたくなかった。その持ち込み手荷物に関して
は、壊れものというだけで内容物の欄に書き込みはなかったが、よく楽器や精密機器などを運ぶ
時に使われる方法で、機内持ち込みの許可が出ていた。彼はそのために一席分を確保してあり、
確保されていた座席は隣の57Jだった。最後部に空席があったので、そこへ移し座席ベルトで固
定した。しかし重くて一人では持ち上げられなかったので、そのときは昭子に手伝ってもらった。

〈そうね、いまそっちに行くわ〉

インターホンを終えた鈴江の、すぐ目の前の座席にそのスーツケースがある。鈴江はそこに立
ったままスーツケースを観察した。旅行用品店や鞄を扱う店で市販されている表面が金属の、普
通サイズのものだ。まだ新品のようだった。違うのはしっかりとベルトが巻かれているところだ
ろうか。しかしそれは中にものをいっぱい詰めたときなど、鍵が壊れても開かないようにと旅慣
れた旅行者がよく使う手で、特に珍しいものでもない。

前方からエコノミークラス・パーサーの今川由香が来るのが見えた。彼女は57Kの男性の席へ
かがみ込んだ。男性は相変わらずまだ眠り込んだままで、由香が二、三回声をかけていたが起き
る気配はなかった。

「スー、あれ重かったわよね」

「いえ、ずーっとお休みだったので。二〇キロ以上ありそうです」

「お客様、お休みのところ失礼します」

由香が人差し指で肩をそっと押すようにして声をかける。この方法が接触面が少ないので相手

に失礼に当たらず、目覚ましの効果が大きい。男が少し身体を動かした。もう一度声をかけるとかすかに目を開けた。

「恐れ入ります。先ほどお預けになったスーツケースの中身を教えていただけないでしょうか」

……スーツケース？　あのスーツケースか。あんなものはもうどうなってもいい。勝手にあけてくれて結構だ。

あの女に飲まされたコーラのおかげで、ホテルに着いた時にはもうスーツケースを部屋まで運ぶ気力もなくなっていた。車のトランクにはスーツケースのほかにカメラの三脚も入っていた。夕方空港へ行くために車のドアを開けたら、車内はひどい暑さだったが、空港に着いてトランクを開けたときには今度はその臭いに驚いた。昼のあいだじゅう、駐めてあった車のトランクに入れっぱなしにしていたからか、中のシャンパンが一本、わずかだったが暑さで口からにじみ出ていたのだ。スーツケースのその部分の内装が変色していた。

「お客様、申し訳ございませんが」

お客様って誰のことだ？　そういえばあのときの店員もそう言った。申し訳ないと。空港の薬局ならあるかもしれませんと……。

「お客様。中身を教えていただきたいのですが」

由香の声に男はゆっくりと口を開いた。そして何か言ったかと思うと、また目を閉じて寝込んでしまった。

「危篤……？　いまそう言ったわよね。ふざけているのかしら」

「……解毒《げどく》とも、はっきり聞こえなかったので……すみません」

「どうしようか。一応疑っておいた方がよさそうね」

由香は男の毛布をかけ直すと、「そう報告しとくわ」と言って席から離れた。窓の外の薄い雲の合間から日本海が見えている。由香は前方へ戻って行き、鈴江はＣＡコールのチャイムが鳴ったのでその乗客の席に向かった。


チャイムの音と人の話し声に包まれながら、その男の脳裏に映っているのは飛行機の窓から見える海とは違うモンテカルロの碧い空と海だった。コの字型をした旧ヘラクルス港には、世界中から集まってきた富豪たちのクルーザーが並び、白い船体を海に映している。中には大きすぎて岸壁に着けられず、湾内に停泊しているものもある。後甲板にヘリコプターを乗せているのが、オナシスの所有だと聞かされた。

そのハイソな豪華さと、美しいモンテカルロの街に響き渡る甲高いレーシング・サウンドは、詰めかけた観客三〇万人の興奮をいっそう盛り上げていた。

世界の金持ちたちは遊びを求めている。こうしたＦ１グランプリのようなお祭りは、彼らにとって数少ない遊び場所なのだろう。

モナコグランプリは公道を使って行うレースのため、公式予選の土曜を含めて決勝当日は交通規制が行われるので動きづらい。F1レースの休養日である金曜日に、船を確かめておくように言われていた。だが金曜日に道路が一般解放されたのは、F3000やポルシェカップなどが終わった午後一時過ぎになってからだった。

接岸しているそれら富豪たちのクルーザーの船尾には、小さな国旗がはためいている。フランス、イタリア、ドイツなどに混じってアメリカの星条旗も見える。ほとんどのクルーザーは船尾を岸壁に付けて係留されていた。

ウクライナ船籍「キエフの星」号は、船名がロシア語で書かれている。ロシア語は読めないと言うと、船尾には水色と黄色のウクライナ国旗が立ててあるから、それを探すようにいわれていた。小高い丘の上から五〇〇ミリの望遠レンズで目的の船を確かめようとしたが、船尾の国旗は小さく隣の船と重なったりしてうまくいかなかった。

富豪たちの船が集まっている港の周りは、警備が一段と厳しい。そんなとき写真機材をぶら下げたカメラマンは、邪魔者扱いにされることはあっても一番怪しまれない。どんな国へ行っても、あるいは同じ国を何回も往復しても、出入国管理で常に言い訳ができるし、機材を肩からぶら下げているだけで自分の素性を明かしているようなものだから、疑われることが少ない。

結局、桟橋のそばの道を歩きながらその船を探し回ったのだが、一番怪しまれないとされるカメラマンであっても、停泊している船に近づくと船のガードマンが鋭い目を向けてきた。

グランプリ当日も初夏の太陽がまばゆい天気だった。しかしこんなにも騒々しく、どこへ行っても混んでいるとは思わなかった。自分のように自動車レースに興味がない人間にとっては、レースが終わるまでホテルの部屋でアダルト番組でも見ながら夜を待つしか方法がなかった。

夜一〇時過ぎになっても、街全体がまだ興奮を引きずっている。ヘラクルス港に停泊中のクルーザーは豪華さを競うようにライトアップされ、どの船もパーティーの真っ最中だった。波止場に沿って車を進めていくと、そこここから生演奏や女性の笑い声が夜風に乗って聞こえてくる。「キエフの星」号は、奥の岸壁に白い船体を横付けにしていた。甲板上の二階建ての船室にはすべて明かりが灯っている。そのせいか、昼間見たよりも大きく感じられた。近づくと物陰から現れた二人組の男に車の行く手をふさがれた。

巻き舌で中東なまりの英語が耳についた。あらかじめ郵送されてきたカードを見せ、その場で簡単なボディーチェックを受ける。彼らの態度が変わり、どうぞこちらへとタラップを上がって船室に案内された。

床にはペルシャ絨毯が敷かれ、チーク材の壁には砂漠のオアシスの絵がかけられている。白いソファーセットが二組も置かれているので、ここはロビーのようなところだろう。船内から笑い声と音楽が聞こえ、ここもパーティーの最中であることが窺える。

二人のガードマンが消え、東洋系が混じった若い女性が現れた。歩くと純白のイブニングドレスの二つの胸が大きく揺れる。

「暑いでしょう、飲み物はビールでいいですか？」

肩までほんのりと染まっているので、パーティーから抜け出してきたのだろう。

「これからパリまで運転するので、できればノンアルコールを」

彼女は奥のカウンターから、よく冷えたコーラに氷を入れて出してくれた。飲み終わったところで、あなたにお願いしたい荷物はこれですと、脇に置いてあるスーツケースを指した。

「たいへん、珍しいシャンパン、全部で一四本、入ってます」

スーツケースの中には緩衝材に包まれたボトルが並べられていた。バルト海の沈没船から引き上げられた九五年前のシャンパンと、地中海の沈没船から引き上げられた三〇〇年前のシャンパンで、この船のオーナーが日本の友人へ送るのだという。

シャンパンやワインは非常に微妙な飲み物で、温度変化が激しいところに置かれたり、通関のために直射日光の下に放置されたり、あるいは乱暴な取り扱いでせっかくの味も質も変化する。輸送による変化を少なくするには楽器を運ぶときと同じように、キャビンに一席取って持ち込み手荷物として運ぶのが一番いい。

ワイン類は何十万円するものでも一〇〇〇円のものでも日本の税金は同じで、一本につき一五〇円を成田の税関で支払えばよい。到着後はロビーで待つ受取人に渡す。これは密輸でも何でもない。日本は入国審査がうるさいので、信頼できる日本人を捜していたのだと説明された。

往復の航空運賃と四日間のレンタカーは無料で、あとは自由だという。運び賃は一〇万円だった。最初に話を持ちかけられたとき、かなりやばい話かもしれないと覚悟はしていたが、密輸でないということで内心ほっとしたのだった。彼女は約束の現金と二席分の航空券をテーブルに置くと、飲み終わったコーラのグラスをかたづけながら微笑みを浮かべた。

「そのシャンパン、壊れても保険あるから大丈夫。でも盗むとミスター、成田で解毒剤がもらえない。だからあなたは死ぬ」

「解毒剤？」

「いま飲んだコーラよ。大丈夫、そんなにすぐに具合悪くならない。ゆっくり一ヶ月よ。成田で解毒剤をくれる。シャンパンと交換します」

彼女は、腰まで開いたドレスの背中を見せて部屋から出て行った。あの哀れみを含んだ笑みを決して忘れないだろう。

……周りが騒がしくなってきた。


CAコールを鳴らしたのは57A席の年配の婦人だった。この席の担当は昭子のはずだと、鈴江はあたりを見回したが彼女は見あたらない。

「はい。何かご用でしょうか」

婦人に声をかけると、隣席の白髪で痩せた体つきの男性が、これを機長さんに渡してほしいと言って、二つ折りにしたレターペーパーを差し出した。

「わかりました」

受け取った鈴江に「うちの主人が……」と婦人が太り気味の身体を起こした。

「いまこの人、もう一人のスチュワーデスさんに……放射能でしたっけ？　どうやってそれを計るんだって聞いたんですの。そうしたらその方はわからないと言われて、それで機長さんに聞きに行かれたんです。で、主人が心配しましてね。主人、中学校の校長をしてましたの。お役に立つかどうか、機長さんならおわかりになるだろうって、それ、渡してくださいな」

鈴江は男性の風貌から何となく白頭鷲を連想した。鈴江に何か言いたそうだったが、婦人の言葉にただうなずいているだけだった。

「はい。それではすぐに機長に届けて参ります」

そのレターペーパーは鈴江からエコパーの今川由香に、さらに浅井夏子のところに届いた。夏子はそれに57Aと書き込むとコクピットへ持っていった。

■1240■ガイガーカウンター

夏子の合図と同時にロックが開いた。

「塚本様をお連れしました」

ドアを開けると右席の朝霧が振り返った。大林が補助席《ジャンプシート》から立ち上がり、後ろに下がる。不審な行動に出た場合の備えだ。

塚本は、夏子が「天井が低いですから」とコクピットに入る前に注意したことを、しっかりと守っている。スイッチと計器類が並んでいる天井に気をつけながら、背をかがめて入ってきた。眩しそうに窪んだ目を細め、首をすくめた姿勢のままでいる。

サングラスを外した朝霧が、「どうぞお座りください」と空いたジャンプシートをすすめ、クルーの紹介と自分の名刺を差し出した。塚本は、名刺の持ち合わせがないと恐縮しながら、塚本太一郎《たいちろう》と名乗った。朝霧は先ほど夏子から受け取った二つ折りのレターペーパーを取り出し、中央計器台《ペデスタル》の上に広げた。

「ご協力ありがとうございます。早速ですが、ここに書かれている、ガイガーカウンターが作れるというのをご説明いただきたいのですが」

塚本はまだコクピットの雰囲気に慣れないのだろう、周りを珍しそうに見回しながら、はい、一五分もあればと答えてから朝霧に顔を向けた。

「その前に差し支えなかったら、放射性物質の核種を知りたいのですが……」

山園と大林の不安そうな視線を感じた朝霧が、手元のメモをそっと開いた。夏子が二つ折りのレターペーパーを持ってきたときに、一緒に渡したものだ。

57B、ツカモトタイチロウ（62）。57A、サキエ（58）。パリ成田、個人マイレージ優待割引。スポット・カンバセーションをしたリサの話……ご夫婦でご旅行中で、特に不審な点はありません。ご主人は元中学校の校長先生で現在はリタイヤされている。以上。

「核種なんですが、これは確定したとは言い難いのです。連絡では不純物の混じったプルトニウムの水溶液とのことです。それで先ほどから機内に持ち込まれた液体を調べていたのです」

「なぜです？」

「プルトニウムですか。アルファ線の場合には少し難しいかもしれません」

「液体というと普通は瓶などに入っているでしょう。プルトニウムが出すアルファ線はガラスを通さないのです。それに本来ＧＭカウンターは、……ガイガーカウンターですが、ガンマ線およびベータ線の測定に用いられるものですから」

「そうなるとガイガーカウンターを作っても計れないわけですか」

「まあ、プルトニウムでもベータ線を出す同位元素もあるし、不純物というのであれば、ほかの核種が混じっている可能性もありますしね。それに瓶の口にも少しは付いているかもしれませんから、ともかくやるだけやってみましょう」

「お詳しいですね」

「いや、申し遅れました。私は中学校で理科を教えていまして、退官前の二年は校長をやってました。その頃から夏休みなどに子供たちを集めて、教室を開いたりしてまして、ガイガーカウンターなんかも作りました。これはその時の材料リストですが、普通の家庭で使うものばかりですから、機内にもあると思うんですが」

朝霧は塚本が差し出したリストに目を通し終えると、入り口近くに立っている夏子に手渡した。そのとき、朝霧が大林に警戒の必要はないとサインを送ったのを、夏子は見逃さなかった。

朝霧は操縦を山園に委譲して立ち上がり、塚本と向かい合って話せる後ろのジャンプシートに移動した。

「失礼しました」

「すぐに材料集めにかかれますか？　代用品でもかまいません」

「そうですね。浅井君どう思う？」

夏子は渡されたリストに一通り目を通すとメモ帳に書き写した。

アルミホイル、はさみ、プラスチックのコップ、フィルムケース、リード線、セロテープ、カッター、画鋲《がびょう》、輪ゴム、消毒用アルコール、ラップ、綿棒……、

「たぶん大丈夫だと思います。五、六分、時間をください」

夏子が軽く頭を下げてドアに向きかけると、塚本が呼び止めた。

「わかりました。フェイルセーフのために、このリストのものを二セット集めるんですね。手間は一緒ですし、すぐにご連絡します」

ファーストクラスの機内調理室《ギャレー》に戻った夏子は、各クラスのパーサーを集めた。若い期のCAたちほどではないが、三人とも不安そうな面持ちだ。タイヤのパンクだけでも緊張する場面なのだから無理もない。夏子はリストを見せながら、自分を奮い立たせるように口を開いた。

「先ほどお客様の中で、放射性物質を探すための簡単な装置を作れると言って、協力を申し出られた方がいらっしゃるの。これがそのリスト。集められるかしら」

「そうね。ほとんどギャレーにありそうね。瞬間接着剤は爪が割れたときに使うネイルグルーでいいでしょう？　画鋲は安全ピンで代用できるし、ガスライター？　これは持ち込み禁止だけど、LPガスならヘアスプレーのが使えるわ。フィルムケースはラップの芯で代用できる？」

夏子がコクピットに戻ると、塚本と朝霧がバインダーに挟んだメモ用紙を間にして、何か話し込んでいた。一通りの説明が終わったところで朝霧が顔を上げた。

「集まったのかな」

「はい。いま部品類が集まりました。どこで作られますか？」

「そんなに広くなくても、手元が明るいところがいいな。なにせ年寄りだもので」

塚本が冗談まじりに笑顔を作った。夏子は広いところが必要だと思って、ファーストクラスのバーカウンターを用意したが、少し暗いかもしれない。

「二階のビジネスカウンターなら手元を照らすライトがありますけど、そこでいかがでしょうか」

夏子は集めた部品を、二階のビジネスカウンターへ運ぶように指示した。塚本と一緒に立ち上がった朝霧が大林に声をかけた。

「すまないがまた場所を代わろう。塚本さんを手伝ってくれ。俺はいまコクピットを離れるわけにはいかないから」

大林は交代のために電動シートを後ろにずらして席を空け、朝霧と入れ替わった。大林はヘッドセットを外し、すぐに行くからと夏子に先に行くように言った。

「こちらへどうぞ」

夏子はコクピットドアの外に誰もいないのを確認してから、ドアを開けた。

奥尻の南西三〇マイルで待機飛行《ホールド》を続けている二〇六便のコクピットは、時速四三〇キロまで速度を落としているので、ほっとするほど静かだった。

「朝霧さん。コクピットはやはり二人がいいですね」

山園の言うとおり、五畳ほどの広さのコクピットは車と同じで、後ろに一人座っただけでも窮屈な感じになる。ここはパイロットにとって、機内で唯一落ち着ける場所だ。全長七〇・七メートル、重量三八〇トンを空中に浮かせるためのすべてが、手の届くところにある。二人とも前方の景色を眺めていた。水平線を挟んで、蒼い空と日本海が一面に広がっている。

「こんなことになってしまって、山園さんはご家族は？」

山園とは会社で顔を合わせたり、一緒に飛んだことも何回かあったが、知っていることといえば航空自衛隊出身で、一年半ほど前に - 400部に配属になったことぐらいだった。山園も朝霧が自社養成コース出身であること以外何も知らなかった。

「いや、二年ほど前に離婚して、いまは一人ですよ。このボーイングの訓練を受けていた時でしてね。結婚は簡単ですけど、離婚は大変です。でも自分は子供もいないし……。朝霧さんは？

このニュースを奥様が聞かれたら、さぞ心配なさるでしょうね。機長は名前が出るし、もうテレビで流れているんじゃないですか」

「たぶんね。家内には昔から『ニュースにならないのが一番よいパイロットだ』って言ってきたからなぁ。それがニュースに出たと言って笑ってますよ」

「お子さんは？」

「もう独立していますからいいんですが、それより大林君だ。昨日、もうすぐ子供が生まれると言っていたでしょう。奥さんがショック受けなきゃいいけど」

この便に乗り合わせた二四六名の乗客とその家族のことを考えると、突然の災難とはいえ何ともやりきれない気持ちになった。そのうえ核物質のおかげで関係のない地上の人まで、災難に巻き込みかねないのだ。どんなことをしてでも無事地上に降りなければならない。

「これからどうします？」

「そう、いま作っているガイガーカウンターが働けば、放射性物質を隔離できる。問題はやはり着陸だな。幸い今回はいろいろ考える時間があったから、まだいい方だ」

「でもタイヤが二つもバーストしていて無事着陸したなんて聞いたことないですよ。いや、バーストだけじゃないかもしれない。当然ほかにもダメージがあるでしょう？　それなのに着陸装置《ランディングギア》の故障についても放射能にしたってそうです。地上《した》からは肝心なことは何も言ってこない。気に入らんです。運航統制本部《FOX》の奴ら自分の命が危ないわけじゃないしな。今頃のんびりと昼飯でも食っているんですよ。故障を低空飛行《ローパス》して目で見るなんて、二〇年前のやり方です。それに見たからって直せるわけじゃないですしね。すべて言い逃れですよ」

「ほかに手がないんだろう。核物質を積んでいることで困っているんじゃないか。火が出たりしたら消防車も救急車も近寄れないからな」

山園がそうかもしれないとうなずく。

「イタリアで放射性廃棄物を満載した貨物船が座礁した、というニュースをパリで見ましたよ。乗組員は見あたらず、船籍も抹消されていて、沈没させるのが目的だったようです。マフィアの新しいビジネスらしいと言ってました。どこも受け入れてくれず、捨てることもできない。そんな厄介者のプルトニウムを、何で日本は作るんでしょうかね。助かる見込みなしですかね」

外を見ながら、山園は大きくため息をついた。

「いや、そうじゃない。このプルトニウムは空中にさえばらまかなければ、汚染は広がらないと言ってたろう？」

「ええ、でも爆発や火災が起きれば、高熱で上空に舞い上がってしまいますよ」

「だから着陸の時に車輪が吹っ飛んでいろいろ壊れても、火災になったり爆発しなければいいわけだ。それなら被害もたいしたことはない」

口で言うのは簡単でも、実際問題そんなことは不可能だとばかりに、山園は入力端末《CDU》に表示された最小着陸速度を朝霧に見せた。

「二時間後に降りるとして一四一ノットですよ。着陸重量二四〇トンの機体が、時速二六〇キロでしかも車輪が壊れたまま地上と接触して、火が出ないわけがないですよ。消防も来ないんですから」

「俺が考えているのはそうじゃない。火がつくのはなぜかだ」

「翼のタンクに残っていた燃料が、衝撃で霧状になってあたりを包む。そこへ摩擦熱と静電気の相互作用で強力な火花が散る。それでどかんですよ」

「燃料がなかったら?」

山園があっけにとられて朝霧の顔を見返した。燃料がなければ飛べない。前提が成り立たない。そう思っているらしい。朝霧は真剣だった。

「着陸の時にちょうど燃料がゼロになるようにしたら、確かに飛行機は壊れる。でも爆発はしないし火災にもならない。それに燃料がないぶん軽くなるから、速度も少しは遅くなる。さっき計算してみたんだ。だいたい一三八ノットぐらいまで落とせる。失速ぎりぎりまで使えば一一二ノットも可能だ」

「そんな……。一歩間違えば滑走路手前で燃料がなくなって墜落です。燃えなくても衝撃でプルトニウムをばらまくことになりますよ。不可能なこと言ってもしょうがないですよ」

「本当に不可能だろうか。この際少しでも可能性があれば、それに全力を尽くすしかないと思うんだ。高度五〇フィートでゼロになるようにFMSに計算させて飛ぶか、それとも成田で実際に二、三回進入して、どのくらいの燃料を使うかチェックする。最後にその分だけ燃料を残して進入する。そうすればたとえ一〇〇フィートで燃料が切れても何とか着陸だけはできると思う」

「高度一〇〇フィートといったら、接地点からだいたい三分の一マイル、六〇〇メートルも手前ですよ。とても滑走路まで届きませんよ」

「いや、成田の３４Ｌ《スリーフォア・レフト》は滑走路末端が内側に移設《ディスプレイス》されているだろう」

「そうか！　騒音規制で実際の末端より七五〇メートルほど内側です。そうなると手前で燃料が切れても、滑走路の上にいることになる。たしかに可能性はあります。けど、時間にしてどのくらいですか、三秒か四秒ちょっとでしょう。そんな細かく誤差を調整できますか」

「誰もやったことがないのでわからない。頼れるのは俺たちの経験と勘だ。ほかに何の手も考えられなければ、俺はやってみようと思う。可能性とはそういうものだ」

「それはどう考えても危険ではないですか。燃料がなくなるときに四つのエンジンが同時に停止するとは限りませんし、もしバラバラに止まったらその都度横ぶれ《ヨー》が起きます。止まったエンジンは抵抗になりますから頭下げの回転力《モーメント》が発生します。それらが一度に超低空で起きるので、頭から地面に突っ込む可能性が高いと思います。ヨーを修正して機首が下がらないようにコントロールする時間は一秒以下、一瞬ですよ。しかも速度が遅いので機首を引き上げすぎればその場で失速です。危険すぎます」

「しかしな、キャビンはいま乗客を助けようと、懸命に動いているじゃないか。俺はどんなことがあっても、安全に着陸させたいんだ。うまくいくかどうかは、俺たちの意志の力によると思う。まだ燃料もあるし、エンジンも動いている。手はあるということだ。すべて可能なことを試したい、いまやろうというわけじゃない。何の手もなくなったときの最後の手段としてだ。考えておいてくれ」

山園はうなずきながら、発想の違いに驚いていた。確かにできないことはないが危険すぎる。いままで無口で物静かな印象を持っていた朝霧が、こんなに大胆なことを考えていたのだ。山園には左席にいる朝霧の存在が大きく感じられ始めていた。

1245■オペレーション・マニュアル第八章

社員食堂から、昼食用にサンドイッチとおにぎりが会議室に届けられ、各人にペットボトルの紅茶や日本茶が配られた。未明からコーヒーしか口にしていなかった夜勤のメンバーには、何よりもありがたかった。

「わかりました。ちょっとお待ちください」

受話器を耳に当てたまま、岡部が竹村を手招きした。

「二〇六便からです」

急いで受話器を受け取る。

「もしもし、代わりました。成田運航整備の竹村です」

《朝霧です。ラバトリーの煙感知器《スモークディテクター》のことなんですが、あれはイオン式か、それとも光学式かご存じですか》

「あれはイオン式です。でも、なぜでしょうか」

《乗客の中に詳しい方がいらっしゃいまして、ガイガーカウンターを作っているのですが、その装置をテストするのに、身近にある放射性のものを探しているんです。その方が言われるには、イオン式ならアメリシウムという物質が使われているので、アルファ線を感知してテストできると……。ほかにそのような物質が使われているものが、機内にありますか》

「そうですね、非常口を示す文字部分に蛍光塗料が使われています。プロメシウムが含まれていると思いますので、ベータ線です。それでもチェックできると思いますが」

《早速、その方に伝えます。ありがとう。ギアの故障の詳細はわかりましたか》

「ランディングギアについては、こちらでもいろいろ検討中ですので、もうしばらくお待ちください。うまくテストできるといいですが」

朝霧との電話の間、会議は中断状態になった。皆が話に耳を傾けていたためか、あるいは口の中に食べ物が入っているためかわからないが、物音一つ立たなかった。

「朝霧機長がラバトリーのスモークディテクターについて聞いてきました。機上で放射性物質を調べるそうです。放射能が感知されなければこのまま成田に向かうが、もし放射能が発見されたら、どうすればよいか聞いてきました。結論が出たら知らせてほしいとのことでした」

「どうやって？　放射能をどうやって調べるの」

柳沢が鋭く言葉を差し挟んだ。

「あ、すみません。機上でガイガーカウンターを作ったそうです。中学校の先生がいらっしゃって、その方が作られたそうです。テストはＯＫだったと言ってきました」

「中学校の先生？　なにそれ。本当にガイガーカウンターですか？」

「はい」

応えたのは岡部だった。

「ガスの中に放射線を通すと、ガスの分子にぶつかってイオン化し、電圧をかけた電極があれば放電を起こします。その時発生する電気の流れを計るのがガイガーカウンターの原理です。機内にあるものだけで、ガイガーカウンターを作ってしまうとは、たいしたものです」

竹村は柳沢から出席者の方に向き直った。

「機内ではその装置を使って、液体の不審物のチェックを始めているはずです。そして放射性物質が見つかったら乗客から隔離するでしょう。その先ですが、機長は成田に向かうつもりです。受け入れ飛行場について何と伝えましょうか」

寒川も柳沢も下を向いて黙り込んでいる。放射性物質を機内で隔離しても、バーストしたタイヤを二本も抱えての着陸が、安全になるわけではない。結果は同じなのだ。現在の状況を打開することにはならない。

これは最初から言っていることではないか。竹村はそう思いながら自分の席へ戻るしかなかった。

山根の許《もと》にも未だ受け入れの返事は届いていなかった。フライト《F》サポート《S》・ステーション《S》が性能的に着陸可能な飛行場をすべて当たっているが、まだよい返事が届いていないのだろう。いろいろな考えが浮かんでは消える。

国土交通省が管理する第一種空港なら、受け入れてくれると思っていたのが、それらの飛行場はほとんどが人口密集地に隣接している。国土交通省も二次災害を理由に反対してきた。確かに多くの国民を危険な状態にさらすようなことは政府が許さない。そうなると解決策は何か。飛行場の提供を政治的判断に委ねるしか道は残されていないのか。寒川も口を一文字に結んでじっと考え込んでいる。自分と同じ無力さを感じているのかもしれない。

エアコンの音だけになった会議室で、岡部の前の電話が鳴った。岡部は素早く受話器を取ると寒川に取り次いだ。

「はい。寒川だが……、ああ、繋いでくれ」

次の瞬間、寒川は絶句して凍り付いたように動かなくなった。顔色まで変わっている。気を取り直すとぼそぼそと小声で話し、メモをとってすぐに電話を終えた。

「本社からの電話で、先ほど自衛隊の戦闘機が緊急発進したそうだ」

ロシアではハイジャックされた旅客機が、人口密集地あるいは原子力発電所など国家の重要施設に近寄った場合、たとえそれに乗客が乗っていようとも撃墜してよいという法律ができたと聞いていた。まさかそれに似たようなことが日本で起きようとは、誰もが言葉を失った。

「公式には二〇六便のエスコートと言っていたが、二〇六がハイジャックされて原発に向かう場合に備えてらしい。原発に突入されたら日本は壊滅状態になる。それに比べたら二〇六の核物質は取るに足らないとのことだ。それから一四時の記者会見だが、発表内容をどうするのかまだ結論が出ていないのでやきもきしている。もう少し待つようにお願いしておいた」

寒川は眼鏡を外すとハンカチで額の汗を拭った。

「どのような状態をハイジャックと認識するのか、何か言っていましたでしょうか」

山根が尋ねると、眼鏡をかけ直した寒川はメモを取り上げた。

「状況次第だが、ハイジャック信号が発せられた時と、管制の指示に従わずに飛行した場合。そのときはハイジャックされたと判断されるだろうと言っていた」

心配していたとおりの答えだった。

「朝霧機長は先ほどの電話では三〇分経ったら、つまり一三時一五分には成田に向かうと言ってましたが、その時までに受け入れ空港が決まっていないと、管制の指示は出ないかもしれません」

竹村の言葉に岡部が壁の時計を心配そうに見上げる。

「……一時間を切っています」

放っておけば取り返しのつかないことになる。山根は急いで口を挟んだ。

「オペレーション・マニュアルに『機長は安全運航のための判断およびその処置の最終的決定の権限を有する』とあります。それは、緊急事態にある航空機が安全上の理由による場合、管制の指示に従わなくてもよいという意味でもあります。二〇六はこの核問題が起きてから緊急事態にあるわけでして、放射能から乗客を守るという安全上の理由により、管制の指示に従わない可能性も考えられます。機長の立場から考えますと、フライトプランの目的地飛行場は成田で、それが受理されているわけですから……成田なら受け入れてくれると思うでしょう。このままでは、ハイジャックされたと間違えられるおそれがあります」

「二〇六がいる場所から成田に向かうとして、ルート上に原発はあるのか？」

寒川の質問に岡部が立ち上がり、先ほど山根が機の現在地を赤ピンで留めた地図の前に立った。

「一番近いのがこのあたりです。札幌から六〇キロ離れたところにある泊《とまり》原発です。本州に入って青森の六ヶ所村《ろっかしょ》、これは核再処理施設です。宮城県の女川《おながわ》原発、福島県の福島第一と第二。新潟柏崎刈羽《かりわ》原発、それと東海村の東海原発です。ですから奥尻から成田に向かうと、必ずどこかの原発のそばを飛ぶことになると思います」

「自衛隊の出動は、この警戒に間違いない……」

発言がなくなった。受け入れ飛行場が見つかり次第、山根の席にある電話が鳴ることになっている。二〇六便の行く先を決めなければならないが、爆発炎上してもほかに被害が及ばない空港などそうあるものではない。しかし待っていても時間が経つだけだ。ここは準備だけでもしておきたい。

「二〇六便の飛行可能時間はあと約三時間です。まだFSSからの連絡はありません。受け入れ可能な飛行場ですが、こちらでわかっているところだけでもまとめておきたいと思います」

山根がスクリーンに空港の平面図を映し出すと、岡部は静かに席に戻った。

「まず新千歳空港です。天候もよく北の風が入っています。消防も救急隊も望めない状態で、二〇六が着陸時に万一火災になりましても、放射性物質は海側へ流れていきます。新千歳空港の

０１Ｒ《ゼロワンライト》の滑走路はターミナルビルやそのほかの施設からも遠く、比較的ほかに影響を与えにくいと思われます。人口密集地である千歳市街地も風上になりますので、現時点で最良の選択ではないかと思われます」

山根はスクリーンを指しながら額の汗をハンカチで拭《ぬぐ》う。

「千歳には自衛隊の基地があるのはご存じのことと思います。そこの第７師団には、ＮＢＣテロを扱う第７化学防護隊があります。放射線量計測器、ガスサンプラー、試料採取用のマジックハンドなどを供えた化学防護車、薬品中和剤などを積んだ除染車などが配備されております。ですからその応援を求めることも考えられます」

そうは言ったものの、果たして航空機の爆発によって飛散したプルトニウムの処理に、対応できるかどうかは未知数だ。

「その滑走路からターミナルビルまでの距離は？」

「一番近いところで二五〇〇フィート、七六〇メートルくらいですが、これは滑走路の一番端のところです。機体が停止すると思われる滑走路の真ん中あたりですと、五〇〇〇フィート、一・五キロはあります」

寒川が隣席の岡部に声をかけた。

「岡部さん、何年か前に起きたＪＣＯの臨界事故の時だが、住民の避難状況はどうなっていたのか、わかるかね」

「はい。ちょっとお待ちください」

岡部がキーボードをたたく。

「まずＪＣＯの施設から三五〇メートル以内の住民に避難勧告が出されています。これが事故発生から四時間半後です。一〇キロ圏内の住民に屋内退避要請が出されたのが事故の……一二時間後です。その結果三一万人、一〇万七〇〇〇世帯が影響を受けました。千歳市の場合だと、ちょっと待ってください……、えーと、人口八万八〇〇〇人、世帯数約三万三〇〇〇です」

「避難はそんなにゆっくりでもいいのかね」

「いいえ、これについてはいろいろと批判が出ているようです」

寒川はうなずきながらスクリーンの上の方を指した。

「一〇キロ圏内というと、そこの千歳の町は中に入るのか」

「はい。中心部はほとんど入りますが、でも風上になります。ＪＣＯ事故の場合は臨界事故で、中性子とガンマ線が主でしたので、あまり風に影響されませんでした。しかし今回は臨界事故ではなく、放射性物質がばらまかれるだけですから、風による影響が大きいのです。いままでの例から、汚染が風上に広がることはまずないと言えます」

「そうなるとターミナルビルからの避難はどうなる？　風上だからといっても、先ほどの山根君の話だとたった七〇〇メートルちょっとだが」

「はい。現在の風が続いていれば、たぶん影響はありません。ただ破壊した航空機の破片などが飛んでくるようですと別ですが……」

「風下の場合、どのあたりまで影響するのだろうか。つまり津軽海峡を越えて青森県まで被害が及ぶだろうか」

「どのくらいの量が機内にあるのかがわかりませんので、予測しにくいのです。ただ、どちらにしても漁業に与える影響は深刻だと言えます。山根さん、千歳から青森までの距離を教えていただけますか?」

「航空地図に書かれているのは海里《マイル》なので、だいたい二三〇キロくらいでしょうか」

岡部は机の上から、皆に見えるように書類を一枚手に取った。

「ここに六ヶ所村の再処理施設でプルトニウム事故が発生したと仮定した場合の、距離と被曝線量のグラフがあります。プルトニウムを含む溶媒が火災を起こし、一立方メートルが燃えその中に含まれていたプルトニウムの一〇パーセントが、外部に漏れたと設定したものです。これがそのまま当てはまるとは思いませんが、発生場所から二三〇キロですと七〇ミリシーベルトで、青森は避難の対象になると思います。農作物は全滅の可能性があります。それも永久にです。しかしこれも風向き次第で変わります。津軽海峡がちょうど風の通り道の役目を果たしています。日本海から太平洋に、あるいはその逆です。ですからもし西風が吹けば、津軽海峡の上で向きを変えて太平洋上へ流れるとも考えられます」

「いまの風は? 津軽海峡のだ」

岡部が素早くパソコンをたたいた。

「函館《はこだて》が弱い北風、大間《おおま》が北西かほとんど無風です」

あまりよい風ではない。影響が二〇〇キロ以上にも及ぶとは誰も考えなかったことだった。議かが紛糾した。海の近くで風下に人口密集地がないところ、釧路《くしろ》はどうか。ＮＢＣを扱える人も機材もないと思われることと、釧路市が風下側にあるために外された。帯広《おびひろ》には自衛隊はあるが空港が内陸過ぎる。そういう点では千歳も海岸から空港までに、人家もあれば鉄道の駅もある。

会議はまた振り出しに戻った。山根は話を進めた。

「ほかに考えられるのが三沢《みさわ》です。ここは米軍の基地ですが国内線も入っています。天候も悪くありません。ただ現在の風ですと市街地が風下になるか、ならないかの境にあります」

参考までに三沢空港の図をスクリーンに映した。

「もう少し西風が入れば、海までの距離も短いですし人口も少ないです。あと一、二時間で風が変わるとも思えませんが、ほかに候補地は考えられないです」

「それは不可能です」

ずっと黙って聞いていた柳沢が手を振った。

「二〇六便の核物質によって米空軍の三沢基地が汚染されたりしたら、エシャロンやゾウの檻《おり》も使えなくなることを意味します。そんなことを米軍が許可するはずがないし、政府も絶対に認めないでしょう」

「エシャロン？」

寒川が尋ねた。

「米軍基地で国内最大といえば嘉手納《かでな》ですが、戦略的重要性は三沢の方が上です。この部分はあまり知られていませんが、極東における情報収集拠点ともいえる側面を持っているからです。エシャロンというのは米英など英語圏五カ国の通信傍受機関の暗号名で、米軍三沢基地のセキュリティヒルにはピンポン球と呼ばれているアンテナが一四基あります。それに極東最大の電波受信施設『ゾウの檻』がありますし、三沢には米海軍太平洋艦隊の、哨戒偵察部隊を統括する司令部が置かれています。それが放射能で……、まず米軍が許可しないでしょうね」

「人命がかかっていてもか」

「米国も国家の安全がかかっていると言うでしょう」

寒川が大きなため息をついた。後ろから声が上がった。

「中部国際空港や関空、ほかにも沖縄の先の島があると思うのですが、それらダメですか？」

柳沢が声の方を振り返った。

「プルトニウムを積んでいることを我々が知ってしまった以上、日本の上空を飛行させるわけにはいかないでしょう」

日本上空を飛ぶとか飛ばないとか、そんなことよりパリから飛んできたのだから、もう燃料が残り少ないことぐらい、航空会社の人間だったらわかりそうなものだ。いらだちを抑えて山根は付け加えた。

「そこまで行く燃料がないんです。万が一にもミスは許されません」

「山根さん、仙台は？」と誰かが聞いた。

岡部の前の電話が鳴った。山根はそれを気にしながら続けた。

「仙台も空港が海のすぐそばなので考えたのですが、成田と同じように小雨で、まだ北東流が入っています。そのため現在の使用滑走路が09《ゼロナイン》で、風が海から陸へ吹いています。ですから除外しました」

「そうなるとやはり千歳ですか」

会議は再度振り出しに戻った。

二〇六《にいまるろく》からかという声に岡部はうなずいたが、電話はほんの一分で終わった。

「朝霧機長からでした。客室にある液体状のものをすべて調べて、疑わしいと思われるものを選び出す作業がまもなく終わるとのことでした。現在までに不審物は発見されていないそうです。それから現在地で一三時四五分まで待機飛行《ホールド》をするが、そのあとは機長の責任で成田へ向かうと言われました」

「機長の責任？　冗談じゃない、責任を取らされるのは会社ですよ」

はき捨てるような柳沢の言葉に、いままで感じていた違和感が山根の中で反応し、瞬間的に口をついて飛び出した。

「それは違います。『機長は、飛行中、全搭乗者および搭載物の安全並びにその飛行機の運航の安全に対し責任を負う』オペレーション・マニュアルの第八章です」

■1250■機内のワインとシャンパン

医療用マスクと手袋をした塚本が、通路に出されているワインの瓶などを、撫でるようにして計っていった。周囲の乗客は身体を硬くして塚本の指先を見つめている。そばに置いたAMラジオが時々ぱちっと音を立てて反応する。塚本によればこれはバックグラウンドといって、宇宙から来る放射線に反応したのだそうだ。左手に持ったプラスチックカップにヘアブラシで起こした静電気を溜め、ラップの芯で作ったセンサー部分を近づける。一つを計るのに結構時間がかかる。それでもほとんどのボトルのチェックが終わろうとしていた。

その様子をギャレーのカーテンの隙間から窺っていた太田鈴江は、バンの中で昨日昭子が預かったワインのことが、どうしても頭を離れなかった。

あのとき昭子は試飲を終えると、セカンドラベルが何かないかと男に尋ねた。彼は困ったような表情で、明日ならラトゥールのセカンドラベルが入る、買ってくれるのならホテルまで届けると言った。値段もニッポン・インターのクルーだからやはり二割引でと付け加えた。昭子はレバノンのワイン三本にするか、明日入荷する一本にするか、予算の関係でかなり迷っていたようだった。

「なら、少し無理して一本ずつにしたら」

鈴江のふと発した言葉がきっかけで、昭子はそうねと覚悟を決めた。男は笑顔で、品物が確実に入るか確認すると、ポケットから携帯電話を取り出した。その間も二人にレバノンのワインを注いでくれる。一分ほど話していただろうか、入荷は大丈夫だがお願いがあると、携帯をしまいながらテーブルにかがみ込んだ。

「少々手違いが起きて、日本人のお得意に急いでワインを届ける必要ができた。相手はかなり気分を害していて、私たちは非常に困った立場にある。もし明日の便で成田まで運んでくれるなら、あなたの欲しいレ・フェーレ・ドゥ・ラトゥールを一本お礼に差し上げよう」

昭子の整った横顔が一瞬崩れて、やった！　と叫びたくなるのを抑えているのがよくわかった。そのかわりに届けてほしいというワインは三本で、彼女に言わせると日本で一本四〇万円以上するものらしい。

昭子はレバノンのワインを一本だけ買った。彼は昭子のクレジットカードの番号がわかっているので身元の確認まではしないが、確かにニッポン・インターのクルーだという確証が欲しいので、飛行場で制服を着ているときにワインを届けると付け加えた。

「ショウ子、そんなもの預かって、まずくない？」

「問題ないわよ。ちゃんと税金も払うんだし、違法なことはしていないわ」

最近新聞等で取り沙汰されたクルーの密輸事件など、一度でもそのようなことがあると税関に目をつけられ、皆に迷惑がかかる。そんな心配が頭をかすめたが、しかし昭子は全く問題にしていないようだった。

インターホンのL5ポジションのボタンをそっと押した。ぴーんという呼び出し音は皆に聞こえるほど大きい。

「ショウ子、早く取って!」鈴江は祈るように受話器を強く耳に当てた。

〈L5佐々野です〉

「よかった、スーよ。ちょっと聞きたいんだけど、さっき見せてくれたワイン、昨日頼まれたワインよ。あれ、どうした?」

顔を上げてこちらを見た昭子と目が合った。

〈どうしたって? なぜ?〉

「あれは、預かりもののワインでしょう? 不審物として申し出たの?」

〈……〉

「ショウ子、出さなきゃだめよ。全員出しているんだから」

〈あれは出せないわ、包んであって。私のならいいけど〉

「でも税関で見せろと言われたら包んであっても開けるじゃない? それに全部で三本も預かったんでしょう?」

〈預かったのは二本よ。預かるときにチェックしたら、一本はコルクからにじみ出ていたの。だから相手も了解して二本にしたのよ。お店から預かったワインだから、大丈夫よ。中身は絶対確かよ。それにたったの二本よ。あと一本は私がもらったものよ。だから絶対大丈夫！〉

「お店といってもあれは車だったし、私たちがクルーだってわかったので車に案内したのよ。しかもこの便に乗ることを空港で確認してから、あなたにワインを渡したでしょう？」

〈……〉

「ショウ子、大変なことなのよ。放射能があるかどうか計ったからって、別に味が変わるわけじゃないでしょう？　そんなに意地を張らなくたって……」

〈そんなんじゃないわ。……大丈夫よ〉

いつも気の強い昭子の声が、心なしか震えて聞こえた。

「もしかしてショウ子、あなた心配しているのね。放射能に被曝したんじゃないかって。そうなんでしょう？」

〈スー、どうしよう私〉

泣きそうな声になっている。

「どっちにしても計らなきゃだめよ。その方が安心できるわ」

〈被曝していたら、どうなるのかしら〉

「大丈夫よ。それよりまず放射能があるか見てもらうのが先よ。すぐにワインを出してよ、夏子さんには私の方から伝えておくから」

〈ありがとう……〉

鈴江はすぐに通路に出たが、すでに夏子たちはキャビン後方へ移動していた。あの57Kの男性から預かったスーツケースのところだ。鈴江は急ぎ足で彼女たちのところへ向かった。

「夏子さん、すみません、よろしいですか？」

夏子とリサが同時に振り向いた。

「これで最後ですか？　終わったらちょっと見ていただきたいワインがあります」

鈴江は佐々野昭子のワインのことを説明した。ちょうどワインの入った紙袋を持った昭子が来たので、忙しくて自分たちの持っているワインまで気が回らなかったらしい、と弁解も忘れなかった。そばで話を聞いていた塚本は、スーツケースに巻かれたベルトを注意深く外そうとしている大林の様子に、まだ時間がかかりそうなのでそっちを先に見ましょうと言ってくれた。

「夏子さん。……ごめんなさい」

「ショウ子、そんなこといいから、すぐにその中のボトルを出して」

夏子にせかされて、昭子は包んである薄紙を急いで取りはらう。感度が悪いのと、アルファ線なので紙一枚でもあると計れないのだ。手渡されたワインが一本四〇万円近くすると聞いて、塚本はいままでガイガーカウンターで計ったものの中で一番高いと少し笑い、そっと座席の上においた。

やっとベルトを外したと大林が、額を拭きながら声をかけてきた。

「そっちを開けるのはちょっと待ってくれ。こっちはすぐ済むから」

センサー部をボトルに近づける時、塚本の白い手袋をした指先が軽く揺れているのに鈴江は気が付いた。慎重な手つきだ。ボトルの口を念入りに計ったあと底の方までゆっくりと撫でるように滑らせていったが反応はない。二本目のボトルにセンサーが移った。これも反応がない。最後にお礼でもらったワインを計測する。塚本はすぐにもう一台のガイガーカウンターに取り替えて測り直す。

塚本は顔を上げると、これは「赤」だけど「シロのようだ」と昭子に片目をつぶりボトルを返した。お礼を言う昭子の口元がゆるんだ。

「さて、いよいよ最後だな」

塚本はかがみ続けた腰を伸ばしながら、大林と並んでスーツケースの前に立った。あの男の話では全部で一四本入っているという。スーツケースを床に寝かせた状態で開け、瓶を一本ずつ出して計測することにした。大林がスーツケースをそっと寝かせ、男から借りた鍵でスーツケースを開ける。皆がのぞき込んだその中には、緩衝材で包まれた瓶がきれいに並んでいた。中の液体がにじみ出ているようなのも二本あった。

「何のにおいですか?」

「ちょっと下がって」

塚本が皆を遠ざけた。大林が差し出したフラッシュライトで、スーツケースの隅々を照らしながらかがみ込む。

「中身が漏れた跡かな」

塚本が首をかしげながら片膝を付くと、手袋でスーツケースの内側を擦った。

「もう乾いていますがね、濡れて乾いたような感じです。それ、渡してもらえませんか」

夏子が座席に置いてあったガイガーカウンターを両手でそっと差し出す。はじめは小さい音だったが、確実に反応し始めたのだ。大林が思わず身体を引き、続いて夏子も一歩下がった。数列前の男性客も勢いよく立ち上がった。先ほどから乗り出し、身をひねるようにして後ろの様子を窺っていた乗客だ。夏子がその乗客に駆け寄り、小声で説得しながら肩を押さえるようにして座席に座らせる。

塚本はスーツケースの隅へとセンサー部を近づけた。同じように何回か反応を確かめると、すぐにふたを閉めるように大林に指示した。

「そっと閉めてください。中の埃に付いた放射性物質が外に出ないように。静かに。プルトニウムだけではないですね。不純物が混ざっているおかげで、この機械に反応してくれました」

「このスーツケースはアルミでできているようなので、ふたさえ閉めれば放射線はほとんど外には漏れませんよね」

大林が閉めながら塚本の顔を見上げる。

「そうですね。アルファ線とベータ線だけなら大丈夫です。乗客がここに近寄らないように、ロープか何かないですか。通路を封鎖してください」

リサが救急箱から包帯を取り出し、椅子と椅子を結び始めると鈴江も作業に加わった。塚本が夏子を呼び寄せた。

「この荷物の持ち主はどなたでしょうか。その方も調べないと」

「ご案内します。すぐそこの席なのですが」

57K席の男は相変わらず眠り込んでいる。センサーを服に近づけただけで、はっきりと反応が始まった。塚本がもう一度近づける。強い反応を繰り返した。

「この方は被曝されています。でもこの反応の強さから、アルファ線ではなさそうだな。この人に触れた人はいますか？　ともかくこの乗客を隔離した方がいい。すぐ機長さんに連絡してください」

大林が急ぎ足でR5のインターホンに向かった。

夏子には誰が接触したかわからないが、乗客の受け持ちだった鈴江と、昭子も呼ばれて測定を受けた。二人とも直接触れていないので反応は出なかった。リサは乗客の容態をたびたび見にきていたので、手にセンサーを近づけたが特に反応は出なかった。

「先ほどこの方はもどされたようなのです。吐袋が二つありましたので、私がかたづけました。それも見ていただけますか」

その吐袋はビニール袋に詰め、ギャレーのゴミ入れに捨ててあった。センサーを近づけると激しく反応を始めた。

「後ろに下がって。これはひどいな。あなたは直接手で触れなかったのですね」

「体調をみにいったときでしたので、ゴム手袋とマスクをしていました。この袋の中に一緒にして入れてあります」

「それはよかった。この反応から見るとあの男性は、汚染されたものを食べたか、このシャンパンを飲んだかしたように思いますね。でもこの反応の強さは、アルファ線ではないな。アルミホイルを渡してください」

塚本は受け取ったホイルを計測器と吐袋の間にかざした。しかし反応は変わらなかった。

「ガンマ線だな。セシウムかな。これは被曝しますので近寄らないでください」

一斉に周りから一歩離れた。塚本は最後に自分の手袋の指の部分を計った。

「この手袋にも反応してますよ。何かビニール袋をお願いします。この手袋も入れたいので」

塚本は手袋と吐袋を、リサが差し出したビニールの袋に入れ、口をきつく結ぶと男のスーツケースに入れた。

「ともかく危険ですから、触らないでください。封鎖を、この席から三メートルほどのところからするように、変えてください」

「でもその前にアナウンスをしないと」

夏子は二人に待つように言うと塚本に近づいた。

「すみません。三メートル範囲となりますと、あのあたりのお客様に移動していただかなければなりません。お客様もこの結果を心配されていると思うのです。アナウンスをしたいのですが、内容を機長と打ち合わせ……。それよりこの場合、機長からアナウンスをした方がよいかと思います。いま連絡しますからちょっと待っていただけますか」

夏子が塚本と話していると、R5ステーションでインターホンをしていた大林が戻ってきた。

「コクピットに戻ります。放射性物質が見つかったので、私と交代で朝霧機長がこちらに来るそうです」

「汚染されているというのは、あのお客さんか」

客席にきた朝霧がまず最初に聞いたのは、57Kの男性のことだった。その席へ行こうとしたので、塚本が慌てて止めた。

「ともかく安全のために近寄らないでください。短時間なら問題はないでしょうが、この装置では詳しいことがわかりません。この方が被曝したのはプルトニウムではなさそうです。アルファ線にしては反応が強すぎます。一応セシウムなどのガンマ線源を仮定してます。二次災害を防ぐ意味では、到着まで隔離するしかありません。もしあの乗客に触れる場合は、手袋とマスクをしてください」

朝霧は塚本と夏子から、いままでの状況を聞いた。

「シャンパンが一四本か」

かなりの量である。一本七五〇ミリリットルとしても、一〇・五リットルのプルトニウム溶液ということになり、しかも漏れたような跡がある。

「ボトルが割れたのですか？」

塚本はボトルの種類まではわからないが、見た感じでは割れてはいないようだと答えた。

「キャプテン、シャンパンは、悪魔のワインと呼ばれていたこともありました。何の前触れもなくコルク栓をとばしたり、いきなり瓶が破裂するようなこともあったからです。いまではシャンパンのボトルは、中の圧力に耐えるように作ってありますので、ちょっとやそっとでは割れません。中にガスの圧力があるので、にじみ出ることもないです。これは中身がシャンパンではないから、漏れだしたのだと思います。コルク栓がゆるかったのか、よほど暑いところに長い時間置いたのでしょう」

普通のワインも保存状態やコルクの材質が悪いと、まれに栓から漏れることがある。ソムリエの資格を持っている夏子の話には説得力がある。

「乗客の移動ですが、スーツケースのある場所から三メートル以内を封鎖ということですと、七人ほどの方に前方の席に移っていただかなくてはなりません」

夏子がその客席を朝霧に示した。

「その前に機長からアナウンスをしていただきたいのです。皆様も結果を心配されていると思いますので」

「実際、これがどの程度危険なのかはっきりしないと、乗客に説明ができない」

朝霧は塚本の意見を求めたが、塚本の答えもはっきりしない。

「中身がプルトニウムと、先ほどの吐袋のガンマ線源だけであれば、このスーツケースに入っている限りある程度は安全でしょう。ただこの測定器では中性子線を計ることはできないので、その部分は未知数です」

「とりあえず距離を取っておけばということですか?」

「ま、そういうことになります。ガンマ線はスーツケースのアルミでは遮れませんので」

朝霧が夏子たちに向き直った。

「どちらにしても緊急着陸に備えて、着陸前に乗客の移動をしなければならないだろう。そのことも考えると、いま乗客全員の移動を行ってはどうだろうか」

「たしかにそうです。それに着陸に備えてということで移動した方が、動揺が少ないかもしれません。キャプテンからアナウンスをしていただければ、その間に移動の準備をさせます」

「わかった。戻ってからアナウンスをする。準備にかかってくれ。座席移動には何分かかるかな」

「二〇分から三〇分くらいと思います」

朝霧は腕時計に目を落としながら、一番近くのR5ステーションまで行き、インターホンを取り上げた。

「朝霧だ。地上《した》から何か連絡はあったか。——了解。すぐそっちに戻る」

話を終えると夏子に、ここでのホールド可能時間はあと一四分だと告げ、急ぎ足で戻っていった。鈴江と昭子はそれぞれの持ち場に戻った。


朝霧のキャプテン・アナウンスから座席移動が終わるまで、想像していたよりも時間がかかった。夏子は最初二〇分から三〇分はかかりますと言ったが、最後の乗客の移動を済ませ、キャビン後ろのスーツケースを、しっかりと座席に結びつけ終わったときには、三五分を過ぎていた。

夏子はキャビンを一周して乗客の様子を自分の目で確認すると、階段を上がってコクピットに向かった。

ドアを開けると、大林が耳に当てていたインターホンの受話器をフックにかけた。

「よかった。呼ぼうとしていたところだったんだ」

「いま移動が終わりました。何かご用でしょうか」

同時に振り向いた朝霧がサングラスをはずした。

「アナウンスでは成田に向かいますと言ったんだが、実はまだ成田に向かっていないんだ。時間になったらすぐに成田に向かえるように、俺がキャビンにいる間にコンピューター上にルートを作っておいてもらったんだが、まだ管制から許可が下りていない。そうだな大林」

「はい。成田へ向かう管制許可《クリアランス》を要求《リクエスト》して、時間になったらネガティブだと言ってきたんです。成田に着陸することは許可できないと」

「どこならいいか、何か言ってこなかったか?」

「それが現在検討中だからスタンバイしろと、それから」

大林が画面上を指さした。

「いま気が付いたんですが、自分らの周りにほかの飛行機《トラフィック》がいるようです。三〇マイル以上離れているので肉眼では見えませんが、衝突防止装置《TCAS》に映っています。速度から戦闘機のようだと思うんですが」

「ここは自衛隊の訓練空域だから、戦闘機がいてもおかしくはないだろう。あまり近づくようだったら管制に連絡しよう。わかったと思うが今そんな状態なんだ。行く先が決まるまでもう少し時間がかかりそうだ」

「ではどうしましょうか。キャビンに何かアナウンスでも入れておきましょうか」

しかし何も決まらないのにアナウンスを入れると、こちらが困っているのを皆に知らせるようなものだ。山園は全く別のことが頭にあるようで、計器警報表示《EICAS》に油圧系統の画面を出した。

「朝霧さん、先ほど整備から言ってきた件はどうしましょうか。レフトボディーギアを引っ込めたまま着陸するというやつです。地上《した》でも考えているようで、整備からのアドバイスは、あくまでもシステム的に可能と思われるというものなんですが」

朝霧は夏子に、ジャンプシートに腰を下ろすように合図した。

「ハイドロのワンを切って、スタンバイ・システムでギアを降ろすというんだろう。そのときにレフトメインのサーキットを引っこ抜いておく。そうすればレフトメインは引き込んだままで着陸できるというんだな」

「そうです。まだ実機で試したことはないので、実際にその通り動くとは保証できないと言ってましたがね」

「そんなサーキットブレーカーがあることすら聞いたことがないからな。俺たちのプロシージャーにはないし、ボーイングが保証しているわけでもないんだろう。ハイドロが一つ効かないと操縦が鈍感になるし、ブレーキの効きも悪くなるな。だがうまくいけば通常の着陸と変わりなく降りられるかもしれない。なかなか考えたな」

夏子は二人が何を話しているのかよくわからなかった。はるか下の海面に、小さな漁船が白い波を立てて走っている。あそこにいる漁師は、頭の上にプルトニウムを積んだ飛行機がうろうろしているとは、考えてもいないだろう。

インターホンのチャイムが鳴った。大林が応答する。スピーカーから、今川由香の不安そうな声が飛び込んできた。

《キャプテン、右側に戦闘機がいるとキャビンが騒然となっています。どうしたんですか》

F15J戦闘機が二機、距離はまだ五マイルほどあるだろうか。大林が航法《ND》画面のレンジを急いで切り替える。同時多発テロの時のアメリカでも、やはり戦闘機が上がって不審な機は撃墜の対象とするということはあった。

「TCASには映っていません。二次レーダー《トランスポンダー》を切っているようです」

山園の顔色が変わった。

「あいつら攻撃態勢に入っているんか！」

「いや、それは最後の手段のはずだ。今川さん、聞いているか」

《はい》

「俺にもわからないんだが、戦闘機はたぶん様子を見に来たのだと思う。エスコートしているとでもアナウンスしておいてくれないか」

《わかりました》

「キャプテン。私、キャビンに戻ります」

夏子は急いでコクピットを出た。

■1315■成田空港C会議室

《受け入れ飛行場だが、まだ何も言ってこないか》

電話は二〇六の朝霧からだった。

「はい、こちらでもプッシュしているのですが」

山根は聞きながらそれを書き写し、側に来たフライト《F》サポート《S》・ステーション《S》の小野田がすぐに成田の管制に電話を入れた。

「了解しました。ちょっと燃料が少ないですね」

小野田がメモ用紙を手渡してきた。

「キャプテン、成田は無理のようです。すぐに返事が来ました。ネガティブといってきました」

《そんな馬鹿な話はないだろう。こちらのフライトプランは目的地成田で受理されているし、ハイジャックされているわけでもないんだ。放射性物質をばらまく可能性はあるかもしれないが、何とか最小限にする努力はしている。それにいくら地上がだめだといっても、緊急状態にあるわけだから、乗客と機の安全のためには、管制の指示よりこちらの意志を優先させてもよいことは、山根さんだって知っているでしょう。行かれないとか降りられない空港なんて存在しないはずだ》

案の定、機長はオペレーション・マニュアル第八章のことを言ってきた。確かにその通りかもしれないが、核物質が絡んだことで、国家が非常事態と判断した場合、それは通用するのだろうか。

「どうされますか」

《残燃料はあと約二時間だ。成田まで最少燃料で飛んで一時間一五分、余裕は四五分。それまでに何の結論も出なかったらもう成田には行かれない。そうなると成田整備の目視点検もアドバイスも直接受けられないし、安全に着陸する成功率は格段に落ちてしまう。ほかに手はないのか》

「いま、あらゆる可能性を探っていますので、もう少しお待ちください」

《成田がだめなら千歳はどうか。ここからだとだいたい一〇分くらいか。千歳までどのくらいかかる?》

国土交通省は放射性物質を積んだ飛行機を、着陸させることはできないと言っているのだ。各自治体もそれに従う雰囲気だ。先ほどから竹村が関係機関に連絡を入れて説得しているが、核と聞いたとたんに一〇〇パーセントの安全を求めてくるので、未だによい返事は得られていない。

「はい。先ほどそれも計算しました。九分で、二〇〇〇ポンド弱です。ずっと降下ですし、でも行くだけです。そこでやり直すことを考えるとかなり燃料がいります。それにしてもこのままでは千歳も受け入れてくれないと思いますが」

《そうだな。受け入れてくれるのなら、もう言ってきているはずだな》

「ともかくあのプルトニウムがある以上、なかなか難しいと思います。もし管制指示に従わずに、機長権限で成田に向かわれますと、核が絡んでいますので、最悪の場合はハイジャックされたと間違えられ、自衛隊機による行動が考えられますのでご注意ください。核施設に向かって飛ばれても、ハイジャックされたと見なされます」

《それで自衛隊のファイターが周りにいるのか。緊急《ガード》周波数で交信しようとしているんだが、できないんだ。あいつら、こっちが成田に向かう時間の直前になって現れた。成田に向かうのを阻止しているのか。ここにいる限りは何もしないだろうが、成田に向かって飛び始めたら、何かアクションを起こすつもりかな》

「アクションといいますと？」

《たぶん威嚇射撃ぐらいはしてくるんじゃないか。キャビンの乗客が騒いでいるようなんだ。不気味な奴らだ》

二人の間に沈黙が生まれた。

《放射性物質を捨てることもできないしな。もう行く先なしか。国は俺たちを海に沈める気なんだろうか。それからスーツケースに入っているのはプルトニウムだけではない。病人が使った吐袋にはガンマ線源のセシウムか何かが入っているらしい》

「朝霧さん」

《また連絡する》

山根は受話器を置いたが、しばらくは何も言えなかった。朝霧機長は二五〇人以上の命を抱えてこの先どうするのだろう。

機長には搭乗者全員の安全を守る責任があり、国家には国民の生命財産を守る義務がある。いまそれがぶつかり合っている。残された二時間足らずの時間で解決方法を考え出す。これがいま自分たちに与えられた任務なのだろう。バーストだけならどこも問題なく受け入れるはずなのに、放射性物質を積んでいるということで受け入れ飛行場がないのだ。ともかく何か手を打たないと時間がなくなる。

「どうだった」

寒川が心配そうな顔を向けた。

「第八章を行使すると、ハイジャックと間違えられる危険があることは伝えました。燃料も少なくなってきましたし、あとはキャプテン次第です。機上の放射性物質はプルトニウムだけではなく、セシウムか何かガンマ線源も、吐袋から見つかったと言っていました。それが機内にある限り、行く先がないということも理解されています」

岡部がぼそっと口を開いた。

「ガンマ線源だと、ごく少量でも機内で被曝の可能性があるということです。鉛板でもない限り、放射線を遮ることができません。こうなったら、もうどこも受け入れてくれないかもしれません」

「吐袋の量でもか？」

「理解されないでしょう。でもこれは人類全体の悩みと同じなんです。一度作り出した放射性物質は地球上で処分することができない。捨てることもできない。二〇六はその縮小版のようなものです」

「そして核と運命を共にするか」

寒川が大きくため息をつく。

「こうなった以上、早めに海上自衛隊に連絡して、着水海域に艦艇の派遣を要請したらいかがでしょうか。国民の生命財産を守るためにといえば、世論も納得すると思いますが」

柳沢の言葉に皆の動きが止まった。

「誠に言い難いのですが、このあたりで意見をまとめなければ時間がありません」

「まだそこまで切羽詰まってはいないだろう。一時間以上ある」

「飛行機の速度は時速二五〇ノット以上です。それに比べて艦船はいくら速くても三〇ノット止まりですから、領海外の適当なところまで行くだけでも、一時間やそこらかかると思います。理想的には太平洋の日本海溝あたりの深いところがよろしいと思いますが、三〇ノットという移動速度を考えますと無理ですので、いまいる奥尻沖でもいいんじゃないかと考えます」

「搭乗者の助かる確率はどうなんだ」

「そこまではわかりませんが、着水はかなり安全と聞いています。着水することで、放射性物質による被害は、最小限に抑えられると思います」

「乗客を見捨てるなんて、政府が許さないよ」

柳沢が鋭い目で振り返る。

「ほう、政府が許さない？　教えていただきたいものですね。ほかにどんな手があるとおっしゃるんですか！　乗客を救うために艦船の派遣を要請して、万全の備えをする。国民を放射能から守るために着水をする。何かいけないでしょうか。後ろの方は、今度からご発言なさるときには、ご自分のお名前と所属を、はっきり言っていただきましょう」

渋い顔をした寒川が山根に話しかけてきた。

「そのあたりの判断は国がすることで、我々がすることではない。落ち着いて考えよう。ほかにどこかいい飛行場はないのかね」

「ジャンボが降りられるところとなりますと」

大きな飛行場はほとんどが都市の側にある。山根は答えられないままに、ただジェプソンのルートマニュアルのページをめくっていた。

■1330■最終案

電話が鳴った。

「副支店長の寒川だ。ご苦労さん。皆でいろいろ考えているところだ。進展がなくて申し訳ないが、もう少しがんばってくれ。……わかった。整備の竹村主任に代わろう」

上空では燃料が厳しくなっている。決断の時がきたのだろう。竹村は身体が火照りはじめたように感じた。受話器から流れる朝霧の声は落ち着いていた。

《何か言ってきたか?》

「局は何も言ってきていません」

《そうか。ほかにどこかないのか》

「こちらでもいろいろ説明して、危険がなくほぼ安全に降りられる方法があると説明しているのですが、核アレルギーのようなものかもしれません。プルトニウムと聞いたとたん、態度が変わってしまって、先ほどと状況は変わっていません」

《そうか、やはりな。わかった》

「もうしばらくお待ちください」

《このままずるずる行けば、海に不時着水するしかなくなる。ただ待つか、プルトニウムを捨てるかだ。キャビンで煙が出たときの排出と同じ方法で、後部ドアを開ける。そこからあのスーツケースを捨てようと思う》

「それは危険すぎます。プルトニウムとセシウムが飛散して被害は大変なものになります」

《地上の被害はわかるが、俺たちはどうなる?》

「着水は航空機にとってもそれほど危険ではないと」

《誰だ、そんなこと言った奴は。二四〇トンの機体が時速二二〇キロで海水に突っ込むんだぞ。いくらうまく着水しても胴体の下半分は破壊され、エンジンも海水でもぎ取られる。そのときの衝撃に耐えた奴だけが、運良く海に脱出するわけだ。この辺の海水温度は九℃前後だろう。そんな海での生存時間はせいぜい一時間か、よくて二時間だ。たとえ救命筏に乗ってもびしょぬれだ。

体感温度は零度以下になる。これが危険でなくて何だというんだ》

「国も見捨てたりはしないと思います。それに上空では、後部ドアも三〇センチも開かないと思います」

《だからといってじっと運命を待つのか。待つ運命もあれば切り拓く運命もあるはずだ。プルトニウムもそのまま落下したら飛散する。でもそーっと降ろせばいいだろう》

「機内に落下傘のようなものは積んでいませんよ。どうやるんです？」

《これは可能かどうかわからないが、よく映画やテレビでスカイダイビングのチームが、空中で輪を作ったりするのを見たことがあるだろう。あれができるのだから、落下物を空中で受け取るのも可能なはずだ》

「スカイダイビングで受け取ってもらうんですか？」

《受け取るのではなくて、スカイダイビングであのスーツケースに落下傘をつけてもらう。スーツケースの落下速度を計算して、大きさや重さを調整する。そして最終落下速度をスカイダイビングと同じにすれば可能だと思わないか。あのスーツケースはアルミニウムでできているし、かなり丈夫なものだ。それに中のシャンパンのボトルは、ワインボトルよりも丈夫で、なかなか割れないそうだ。それができれば無傷で回収できると思う》

「それに最低速度の二一〇ノットとしても、時速三九〇キロぐらいでしょう？　揚力装置《フラップ》を降ろして速度を落としても、ギアを降ろせないからせいぜい一六〇ノット、三〇〇キロ弱ですよ。そんな高速で飛び出せますかね」

《ギアを降ろさないで最終フラップまで降ろす。確かに安全装置が働いてワーニングのホーンが鳴る。でもフラップを降ろせないことはない。そうすれば、最低着陸速度は一四一ノットくらいになる。そこからさらにマージンの五ノットを引くと、二五〇キロくらいまで落とせる。スカイダイビングは自由落下速度だから、二二〇か、二三〇キロだ。不可能ではないはずだ。スーツケースの落下速度を二〇〇キロ前後に調整できれば、スーツケースのベルトに落下傘を取り付ける作業はできると思う》

「でもあの放射能の固まりに空中で抱きつく奴なんていますかね、その間の作業をする人たちの被曝はどうするんですか」

《塚本さんの、塚本さんというのはこちらでガイガーカウンターを作ってくださった方なんだが、その方によると、アルファ線もベータ線も金属を通過しない。ガンマ線は防げないかもしれないが、ごく少量だ。それにスカイダイビングは一万二〇〇〇フィート前後からの降下と聞いている。空中で作業するといっても、ほんの一分やそこらだ。そのくらいなら被曝は大丈夫じゃないかと思う》

竹村はまだ全面的に賛成はできなかった。

「落下速度が二〇〇キロ前後ですか。何度も言うようですが、もし失敗したら粉々になって辺り一面に飛び散ると思いますが」

《爆発炎上よりは範囲が狭いだろう》

「それでも……、わかりました。スーツケースを空中に放り投げたら風圧でかなり回転すると思います。それを手で押さえるのはできないでしょう。どうやって回転を止めるのですか」

《それを考えてほしいんだ。それと落下速度の計算を、頭がはっきりしている地上でやってくれないか》

「わかりました。私の考えですが、そこまでしなくても先ほどお伝えした方法で、かなり安全に着陸できると思うのです。たしかに不確定要素はありますが、うまくいけば火災の発生なしに着陸できるのではないかと考えるのですが」

《わかる。確かにその通りかもしれない。でもな、誰もそれを信じないから、受け入れてくれる飛行場がないわけだ。いまのままじゃ着水しかない。だからこれを捨てるしかないんだよ》

どこかの飛行場に受け入れてもらうために、こんな危険なことをしなければならない。朝霧も大きな矛盾を感じているのだ。竹村は朝霧の決断を受け入れることにした。

問題は誰にそのスカイダイビングを頼めるかだ。高度な技術が必要だろうし、同じようなレベルの者が最低五、六人は揃わないと難しいだろう。ジャンボと同じ高度、同じ速度で飛べる機体も必要だ。いまから一時間以内にそんなことが可能だろうか。

「そのスカイダイビングですが、引き受けてくれるところをいまから探すとなると、かなり時間がかかると思いますが、どこか心当たりがおありですか」

《ここにいる山園機長は自衛隊出身だ。習志野《ならしの》の第一空挺団に頼めば、何とかなるかもしれないと言っている。習志野には誘導隊から発展した対テロ・ゲリラ専門の『特殊作戦群』がある。そこに頼んでほしい》

「そんなものが自衛隊にできたんですか。知りませんでした。すぐに聞いてみます」

《なるべく早く頼む》

気を静めようとしているのだが、ほおが熱くなっていることからも、興奮しているのはほかから見てもわかるだろう。竹村は受話器を静かに置いた。

「朝霧機長ですが、あのプルトニウムの入っているスーツケースを、空中投棄すると言ってます」

皆、口々に驚愕の声を漏らした。

「成田もだめで、ほかに受け入れ飛行場がない以上、その原因を取り除くしかないと言われました。それで機上からスーツケースを投棄して、それをスカイダイビングで受け取り、パラシュートをつけて地上に降ろすことを考えています」

「そんなことができるわけないじゃないか」「機長はどうかしたのでは」という声に混じって「ちょっと待て、最後まで聞こう」と声を張り上げたのは寒川だった。

竹村は説明を続けた。

「それが可能だとしても、パラシュートを取り付ける人のガンマ線被爆の問題が残る点で、機長も心配してました」

「それは問題ないですよ」

岡部が断言した。

「JCOの事故の時には、確か三分で作業員は交代したと思いました。しかもはるかに危険な中性子です。時間はあれより短いし、ガンマ線はわずかと思われます。ほとんどがアルファ線ですから、被曝の問題は考えなくてよいと思います。パラシュートをつけるのに失敗して、そのまま地上に落ちたとしても、着陸に失敗して火災や爆発などが起こったことを思えば、その方が被害は少ないのも確かです」

「つまり、スーツケースが真っ直ぐ地上に落ちても、汚染される面積は爆発炎上した場合よりも少ないということか？」

寒川が隣にいる岡部に目を向ける。

「はい。詳しくは計算してみないとわかりませんが、でも機体の着陸速度がだいたい二五〇キロで、落下速度が二〇〇キロですから、単純比較ではエネルギーの大きさから被害が少ないとも言えます」

竹村は指を二本立てて顔を上げた。

「朝霧機長は二つのことを言ってきました。一つはスーツケースの落下速度をスカイダイビングの速度にあわせて二〇〇キロ前後にする必要があり、その計算をしてほしいということです。もう一つはこのスカイダイビングを自衛隊に頼んでほしいとのことでした」

メモを読み上げる。

「第一空挺団の特殊作戦群。どなたか最近の自衛隊にお詳しい方、お願いします」

ＦＯＸの柳沢と坂井が小声で相談しているようだったが、柳沢がうなずくと坂井が静かに会議室から出て行った。

「本社の対策本部に連絡してみよう。その部隊はスカイダイビングをするのだな。柳沢君、君は本社に顔が利くようだから」

柳沢は寒川に向かって軽くうなずいただけで、受話器を耳に当てていた。最初のうちは第一空挺団の特殊作戦群という言葉が聞こえていたが、途中から相手が代わったようだった。

「もう少し、一四時半は無理だ。何とか一五時にしてくれ。ああ、一五時に記者会見をする。これで三回目？　わかっているが、こっちも大変なんだよ。ああ、その辺のところは川口、おまえに頼む。わかっているって。その代わり結論が出たら、まずおまえに知らせる。約束する。一五時だ」

柳沢が受話器を置く。

「いまのは広報の川口から記者会見のことで。自衛隊の方はすぐに調べて連絡をくれるそうです」

五分ほどたって、本社対策本部から連絡が入った。防衛庁によれば第一空挺団の特殊作戦群は、対テロ、ゲリラ専門の特殊部隊として現在は第一空挺団から独立し、防衛庁長官直轄の部隊「中央即応集団」に組み入れられている。約三〇〇人ほどで構成されていて、戦闘要員は二〇〇人、すべてがレンジャーの資格を持っている。あらゆる対テロ、ゲリラ特殊作戦に対応でき、もちろん空からの急襲も得意としているらしいが、詳しいことは不明とのことだ。

しかし再度の問い合わせにも、スカイダイビングがその作戦行動に含まれているかどうかの明言は得られず、あらゆる任務を遂行するに必要な技術はすべて持ち合わせている、との返答が繰り返されただけだった。

会議室に戻ってきた坂井がかがんで柳沢に耳打ちをした。柳沢は大きくうなずきながら聞いていたが、二言三言、言葉を交わすとメモを渡した。坂井はそれを持って再び会議室から出て行った。

朝霧機長の言ったもう一つのこと、スーツケースを空中で受け取るのが可能かどうかの計算を、急がないといけない。水平方向と垂直方向の運動方程式を解き、時間と速度の放物線を書く。それで投下する荷物の落下速度と、スカイダイビングの速度と合わせるには、どのくらいの表面積と重量がいいのかを出すのだ。竹村は焦った。

羽田の航務本部運航技術課や性能技術あたりにいけば、空力の専門家はごろごろいると思えたが、いまそんな時間はない。竹村が自分でするしかなかった。紙と鉛筆と消しゴムと電卓を前に、机にかがみ込んだ。こういう計算からは、かれこれ一〇年以上離れている。

スーツケースの重量は、パリで作成した重量バランス表に書き込まれていたので二九・五キロとわかった。しかし肝心のスーツケースが最終的にどのような形と重量になるのか、それによって空気抵抗係数が変わってくるだろう。計算の元になる数値がわからないわけだが、まず空中で回転しないことが条件になる。そのためにはスーツケースを何かに包んで水滴型に近い形にする。その上で落下速度が二〇〇キロ前後になるように考えればよい。竹村は受話器を取り上げると二〇六便を呼び出した。

《朝霧だが、できたか？》

「はい。私が計算しましたので、若干の誤差はあるかもしれませんが、だいたいのところはわかりました。瓶が入ったスーツケースの型をいま調べたのですが、確か厚さが二四五で幅が四六〇ミリですよね。それを布でくるんで、なるべく水滴型というか、昔のアポロ宇宙船のような形にしてくださいって。ただドアの開度を考えると、三〇センチが限界だと思います。楕円になりますがそこまではできますか」

《アポロか、回転を止めるのだな。たぶん可能だと思う》

「水滴の後ろのところをしっかりと結んでください。そこにパラシュートをつけます。そのまま空中でつかみにくいと思いますので、後ろに大きな布でなるべく長い尻尾をつけてください。その後ろも何カ所か輪のように結んで、そこにもパラシュートがつけられるようにしてください」

《了解した。それだと落下速度がだいたい二〇〇キロ前後になるのか?》

「そうです。スカイダイビングは一八〇キロから二四〇キロの間で速度の調整ができるそうです。ですからキャプテンが言われたとおり、二〇〇キロプラスの速度がよさそうです」

《そうか、ほかに注意事項はないか》

「はい。機から投下して約一〇秒後に時速二〇〇キロ前後になるようにします。それで一秒狂うと五〇から六〇メートルの範囲でずれます。地上まで約七〇秒前後ですから投下時期は絶対正確にお願いします。詳しいことは特殊作戦群との打ち合わせ後にしたいと思います。それからキャプテン、高度一万三〇〇〇フィートでの最低速度を教えてください。スカイダイビングで飛び降りる速度です。通常は一〇〇ノット以下のようですが」

いくら努力しても一三五ノットまでしか落とせないという朝霧の声から、困っているのが伝わってきた。時速二五〇キロと一八五キロ、六五キロの差だ。

「わかりました。一三五ノットで計算します。現在のところそこまでです」

「どう、計算はできた？」

電話を終えると山根が声をかけてきた。気が付くと寒川も心配そうにこちらをのぞき込んでいる。

「計算上は可能ですね。特殊作戦群もたぶん同じ計算をすると思いますので、間違いがあれば訂正してくれるはずです。彼らの計算で可能という答えがでれば、後は機材や人員が時間内に揃うかどうか、どのくらいの技術を持っているかでしょう」

山根が寒川の前に進み出た。

「副支店長、もうこの辺でこの対策本部としての最終案をまとめるべきだと思います。ここにいる竹村主任も計算上は可能だと言っていますし、朝霧機長が考えられた方法でもあります。成功の確率は何ともいえませんが、もう燃料がありませんので私はこれが最後の手段だと考えます。このまま何もしないと最悪の場合、どこも受け入れてくれず、海上に不時着水しかないでしょう。これには多くの人命と社の命運がかかっていますが、何より時間がありません。ほかに解決策がない以上、現地対策本部の最終決定案としてお認め願いたいのですが」

「ちょっと待ってください」

柳沢が声を上げた。

「これはとんでもない暴挙です。考えても見てください。放射性物質を上空から放り投げるとは、誰が聞いてもまともな考えとは思えません。この機長は成功したときの栄光だけを夢見ているようですが、失敗したときの悲惨さは言葉に尽くせないと思います。飛行機から投げ出すだけで尾翼や胴体に当たる可能性もありますし、その長い尻尾が尾翼に巻き付くかもしれない。そうなればスーツケースなどは粉々になるでしょうし、尾翼が壊れれば機体も墜落です。スカイダイバーも住民も、そして日本全体を危険にさらすことは間違いありません。私は断じて反対です。それに比べれば先ほど申しましたように、万全の備えをした上での着水が最も安全かと思います」

旅客部の瀬田が柳沢に向かって手を挙げた。

「着水となると乗客はどうなるのでしょうか。その場合の生存率はどのくらいですか。先ほど乗客リストを調べましたところ、年配者の団体一五名様が搭乗しています」

柳沢が黙っているのを見て岡部が口を開いた。

「いままでジャンボが着水した実例がないので何ともいえません。着水の場合、水面はコンクリートと同じ堅さと考えられます。ですからうねりや、波が高いと破壊力は増大されます。それにまだ海水温度が低いので心配です。何らかの理由で投下ができなかった場合、最後の手段として不時着水も考えておく必要はあるとは思いますが」

寒川は腕組みをして聞いていたが、身体を起こして一同を見渡した。

「もう一度ここで皆さんに確認したい。何かほかの解決策やご意見をお持ちの方は、いまここで述べてほしい。政府を動かすにはこちらの意向が固まらないと無理だと思う」

言い終わった寒川は一人ひとりの顔を順番に見回した。誰もそれに付け加えるものはいなかった。寒川はもう一度同じことを確認した。

「それでは、この二つの意見のどちらを最終案とするか、決めたいと思う。本来ならここで議論をしたいところだがもう時間がない。ここにはたくさん出席者がいらっしゃるが、ＦＯＸ、整備、ＦＳＳ、旅客、安推、それに支店の私と、六部門の関係者に大別できると思う。各部門一票として採決をとりたい。よろしいか」

結果は三対三だった。

「私の一存で申し訳ないが、朝霧機長も一票に加えて、投下案に賛成としよう。これ以上引き延ばすと、時間がなくなる。柳沢君、このことをすぐに本社の対本部に伝えてくれ。ただし着水の件も、意見としてあったことを添えるように」

柳沢は本部に決定事項を手短に伝えて電話を終え、眼鏡をかけ直すとメモを見ながら寒川に報告を行った。

「投下案の是非について本部が早急に検討に入るとのことです。しかし問題はその部隊が空中でこのような作業をしたことがないだろうということです。まもなく結論が出ると思います」

成田の現地対策本部全体は急に活気づいた。竹村は電話を取り上げると二〇六便を呼び出し、本部が投下案の検討に入ったことを伝えた。

「キャプテン、シップの方でも準備を急いでください」

竹村が電話をしている間に、柳沢は誰にともなく「ちょっと」と断ると、ポケットから携帯を取り出して耳に当てながら会議室の外へ出た。

柳沢は廊下を歩きながら電話でしばらく話したあと、トイレに向かった。

「あいつらは核を投下して捨てるとなったら、それしか頭にない。その単純さにあきれる」

扉を開け誰もいないのを確認すると、雨に濡れた駐車場を見ながら、本社対策本部にいる川口を呼び出した。彼は電話に出るなり、記者会見が延び延びになっていると苦情を並べ立てた。

「わかったから落ち着けよ。一時間以内に結果が出るんだから、いまからしても意味ないだろう。それより頼みがある」

〈頼みとはお珍しい。何でしょう〉

「二〇六が核を投下すると言っている。それなんだが、もし投下に失敗したらどうするか、そっちではなにか意見が出ているか」

〈飛散しないように、落下と同時に水を噴霧するとか、周囲の住民の避難をどうするかなどと言っていますが、ともかく大変な賠償額になりそうですね〉

「いやそういうことじゃない。もし投下できなかったらという意味だ。そうなると故障した機体は核を積んだまま、どこかに着陸しなきゃならないわけだろう。いまのところ受け入れ飛行場はないわけだ。そうなった場合のことだ」

〈投下が決定するまでは受け入れ飛行場のことでいろいろありましたけれど、いまはそのことには誰も触れていないようですよ〉

そんなことではないかと思っていたのだ。もう燃料はわずかしか残っていないだろう。どこかへ行くとしても、投下に失敗した後では簡単には次の行動には移れないはずだ。結局どこかに泣きついて降りるしかない。それもダメとなると、後は着水しか残された道はない。そこまで予測して準備をしたという形を取らないと、完全無欠な加害者とはなり得ないのだ。それに最初から不時着水をさせるのも、最後に不時着水に至るのも結果的には変わりない。

「本社対本部から海上自衛隊でも海上保安庁でもいい、不時着水に備えて沖合に船を出してもらうように頼めないだろうか」

〈何でまたいまさら。さっきそれはないことになったではないですか〉

「ともかく万全を期しておきたいのだ。海自も保安庁もだめなら、地元の漁協でもいいんだ」

〈私が奥尻沖の着水を勧めたのにですよ。空中回収はそちらの現場から言い出されたことで、私は自分の意見を殺して、その危ない方法を頭の固い本社の連中に説いて回ったんです。ここの人間は、空中回収には最初から反対だったんです。それをいまさら不時着水はないでしょう。自衛隊や保安庁に頼んで船を出してくれとは、立場上とても言い出せませんよ〉

「確かにその通りだが、いまのままじゃ万全の手を打ったとは言えない。手落ちがあったとマスコミに攻められるのは目に見えている。そのあたりはおまえの専門だろう。二〇六には二六一人乗っているんだ。本社からあの辺の漁協でもいい。頼めないか」

〈あの辺って奥尻沖ですか。まだ投下場所も決まってませんよ〉

「そうだった。まだこっちでも話してはいないんだが、場所は三沢米軍基地の沖合だ。そこに船を出してほしい」

〈三沢なんですか。ずいぶん変わりましたね。頭なんか下げたこともない本社の連中に、頼み事ができるかな。一応聞いてみますけど、無駄でしょうね。私の名前を使えば、海上保安庁でしたら監視のためという理由で、一隻は出してもらえるかもしれませんが〉

「すまない。それと領海内はまずい。三沢沖三〇マイル東としておこう」

何とか救助の形だけはついた。それにしても川口の奴、偉そうな口をきくようになったものだ。

柳沢は用を足すと、坂井の携帯に電話を入れた。

「まずいことになった」

〈空中投下に決まったんですか〉

「最悪の事態だよ。仕方がない、こうなったら〝被害を最小限に抑える〟という上部の考え通りに動こうと思う。空中回収など論外だからな。それで、六ヶ所村の核処理施設の横を飛行するコースにこだわっている。そこへ向けるようにとのことなので、投下場所は三沢の天ケ森《てんがもり》射爆場にして、会合場所は東三〇マイルの海上にした。高度を下ろしながら、あのあたりを飛行させたいそうだ。こういうことはやりたくないが、日本のためと思って割り切るしかない」

〈核という言葉が入ると国は狂いますね。二〇六を海上に降ろす以外にないとなると、ハイジャックされたということにして、海上に強制着水させるのですかね〉

「たぶんそうだろう。ともかく最終的には自衛隊が処置してくれる。何かまずいことが起きたら俺の携帯にな。いまから会議室に戻る」

〈了解しました〉

■1340■R130《いちさんまる》

竹村に二〇六便から問い合わせが入った。どこで投下を行うか聞いてきたのだった。ここにいる誰もが場所のことについては頭になかった。

「キャプテン、投下場所なのですが、どこか候補地があったら教えてください」

《どこでもいいから燃料が少ないので急いでくれ》

朝霧も場所は決めていなかったようだ。考えてみるまでもなく、着陸でさえ受け入れないのに、プルトニウムの空中投下を許可する自治体があるだろうか。空中で受け取るといっても、当然失敗したときのことを考えるのが普通だろう。受け入れ場所を求めるのは、空港を探すのと同じか、それ以上に難しいことではないのか。

電話を終え、そのことを伝えると現地対策本部の雰囲気は一転した。三〇キロもの、いや、正確には中身だけだから一〇キロくらいだろうか。失敗すればプルトニウム溶液を、時速二〇〇キロの落下速度で地面にたたきつけることになる。速度エネルギーは、フルスイングの野球のバットでひっぱたくのと同じか、それ以上だ。それを安全だから受け入れるようにと頼むのだ。たとえうまく成功しても、首長はその判断を褒められるどころか、住民の安全を無視したと非難されるのがおちだ。

「米軍にもかけ合ってみたらどうでしょうか」

提案したのは山根だった。電話に手を伸ばしかけた山根に、寒川が声をかけた。

「直に米軍に話を持っていってもだめだろう。本社対策本部か政府機関を通した方がいいな」

山根の手が止まった。

「米軍の特殊部隊にも頼んでみたらと思いましてね。私が自衛隊にいました頃、米軍とのコーディネーターをやっていたことがありまして、もし自衛隊が、できないと言ってきたときのことを考えたんです」

「君は自衛隊出身か」

「はい。航空自衛隊です。当時はまだ陸自に特殊作戦群という部隊はありませんでした。ともかく防衛庁に電話を入れて米軍の特殊部隊と、ついでに投下場所についても協力を頼めるか話してみたらどうでしょうか」

「どこか心当たりがあるのか？」

「いまのところ特にないですが」

山根の考えている様子を見ながら、答えたのは柳沢だった。

「三沢はどうでしょうか。米軍の演習地の中だったらどうかなと思いまして。まず人は住んでいないし、たとえ後でそこが使えなくなっても、日本の危機に米軍が協力したことにはなります」

「米軍か。自衛隊の演習地ではだめかね」

「どこも住民運動が盛んですから、無理だと思います。演習地があるから、危険なプルトニウムを投下されるのだと言われるでしょう」

「さっきのお話では、三沢基地はだめだということを言われませんでしたか」

山根が柳沢に不思議そうな顔を向けた。

「私が考えているのは、三沢の天ヶ森射爆場です。あそこに空対地の射爆撃演習場があります。それほど広くはありませんが平らですし、そばに六ヶ所村の原子力施設があるので、放射能災害の備えもあるし、人もいます。御殿場には広い演習場がありますが、関東地方は雲に覆われていてパラシュート降下はできないと思います。三沢の天候は先ほど晴れで風も弱いということでしたから」

「いまあそこの射爆場エリアが訓練中《ホット》かどうか確認します」

山根がフライト《F》サポート《S》・ステーション《S》に電話を入れる。すぐに今日は射爆場R130《いちさんまる》はコールドだとわかった。

「投下場所の候補地として、三沢の射爆撃演習場はどうかと、本社に聞いてくれ。ともかく急がないと、もう一四時をまわったからな」

柳沢が本社対策本部の川口と話をしているときに、岡部の前の電話が鳴った。

「竹村さん。二〇六便からです」

《投下場所は決まったか？》

竹村は一瞬答えに詰まった。状況は飛行場を探した時と同じだとはとても言えない。

《そうか、まだか。ともかくこちらはスーツケースを包んで変形だけど水滴型に作っているところだ。まもなくできあがるから、場所が決まったら連絡をくれ》

電話を切った竹村は円形に並べられた机を回って柳沢の席に向かった。

「課長、まもなく準備が終わると言ってきました。投下場所の件はどうなりましたでしょうか」

「在日米軍には連絡済みだ。あちらさんはすでに状況を詳しく知っていたらしい。まもなく連絡があるはずだ」

「米軍の特殊部隊は？」

「こちらの要求通り何とかしたいと言っていたが、これも米軍の返事待ちだ」

「うまくいくといいですが」

それまでほとんど口も利かずにいた柳沢が、珍しく竹村に笑顔を見せた。電話が鳴った。柳沢は受話器を耳に当てると、すぐに話を終えた。

「米軍の特殊作戦中隊はいま嘉手納にはいないそうだ。北朝鮮関連で韓国に移動しているらしい」

低い声で言うとため息をついた。

「どうもうまくないようですね」

また電話が鳴った。柳沢の話しぶりからみて、本社対策本部ではないらしい。短い会話の後、竹村に受話器を差し出した。

「君の方がよさそうだ。特殊作戦群の山川さんという方だ」

特殊作戦群と聞いただけで、普通はある種の緊張が走る。相手は話し方に無駄のない、はっきりとした声の持ち主だった。山川はすぐに投下する貨物の大きさや形、機の速度や上空での連絡方法など詳しく聞いてきた。貨物のサイズと形は理解したが、回転を止めるのではなくて最初から回転しないように、後部を伸ばして十字型の翼を取り付けてほしい、また、空中でつかめるようにと布で作った尻尾は、はためく可能性があるので外すように指示された。

〈布ですからかなりの抵抗になります。もう一度計算してみますが、二〇〇キロの速度が出ないと思います。尾部を伸ばすのとその翼が機上で作れるか、機長さんに聞いてください。それと幸運なことに、特殊作戦群の一小隊が、演習のために東千歳の駐屯地にいるようです〉

受話器を置いて顔を上げると皆の視線が集まっていたが、いま説明している時間はなかった。この電話は本社との連絡用なので、二〇六便との交信には使わない方がいい。ほかの席でも電話が鳴っている。急いで自分の席に引き返して二〇六便に電話を入れる。

「自衛隊はC‐130H輸送機を使うそうです。こちらの最小飛行速度は一三五ノットと、山川さんに伝えておきました。最終決定はまだですが、もう少しだけ待ってください」

《了解。何としてでも尾部とその翼は作ると、特殊作戦群の山川さん？　山川さんでいいのかな。その方に伝えてくれ。ありがとう》

お互いに投下場所については触れなかった。決まっていれば当然最初にそのことを話しているはずなのだ。海上に投下するという手もあるが、朝霧は降下する自衛隊員のことを考えると危険すぎると考えていた。パラシュートの取り付けに失敗した場合、放射性物質の浮いた海に隊員が着水する可能性があるからだ。二人は短い沈黙のあと電話を終えた。

「竹村さん！」

呼ばれたので振り向くと、柳沢の机の周りで拍手と歓声が上がった。

「特殊作戦群が引き受けると言ってきました。電話に出てください」

急いで柳沢の机に向かう。先ほどの山川だった。

〈東千歳にいた隊員八名の全員が志願してくれました。任務が想定外の危険性をともなっているので、志願という形にせざるを得ませんでした。いつでも出動できます。C‐130H輸送機の出発準備ですが、まもなく終わると思います。先ほどの……〉

「ありがとうございます。投下物のことは機長に連絡したところ、作るとのことでした」

〈了解、まだ投下場所は、米軍の許可が出ていないようですが〉

「本社からもプッシュしているはずです。いまから出発するとして、R130までどのくらい時間がかかりますか？」

〈そうですね、飛び上がれば二五分くらいですか。しかし投下のためのコースに入る前に編隊を組まなくてはなりませんし、一度は上空を飛んでタイミングをとるための練習をしたいのです。二〇分はかかると見ています。会合地点ですが、三沢の東海上三〇マイル地点としたいと思います〉

二〇六便にそれだけの余裕があるだろうか。編隊を組んで上空を一回通過するとなると、その間はフラップを下げて低空を最低速度で飛ぶことになる。ということは極端に燃料を消費する。先ほど聞いた一五時一五分まで飛べるというのは、通常のフライトをしての話のはずだ。そうなると奥尻での待機飛行は燃料の無駄使いになる。

「もう二〇六便はあまり燃料がないと思います。すぐに飛び立っていただけますか」

〈R130の使用許可は……、こちらにはまだ来ておりませんが〉

燃料のことを考えると、これを逃したらもうチャンスはない。

「二〇六便を三沢に向かわせます」

〈それは会社の決定ですか？〉

「……」

〈わかりました。会社の決定事項と理解して、こちらもすぐに出発させましょう〉

「ありがとうございます。上空での連絡は緊急周波数《ガード》で……」

それだけで胸が一杯になった。

「大丈夫ですか？」

電話を終えた竹村は柳沢に声をかけられ、うなずきながら大きくため息をついた。

「この電話をお借りします」

すぐに二〇六便に連絡を入れる。

「キャプテン、竹村です。千歳からスペシャル・チームが乗り込んだC‐130H輸送機が、まもなく出発します」

《了解。すぐにR130に向かう》

朝霧の明るい声に、体中の緊張が解けた。柳沢が心配そうな目で見上げている。

「いま、二〇六便も向かうと返事が来ました」

電話を切った竹村の顔がほころんだとき、また電話が鳴った。柳沢がとる。

「米軍は演習地の使用について前向きに検討中とのことです」

受話器を置くなり柳沢が皆に伝えた。顔がほころんでいるようにも見える。離れていた竹村の席の電話が鳴った。電話を取った岡部は通話口を手のひらで覆った。

「すみません。二〇六から、ディスパッチをお願いしたいと言っているんですが、どなたかそういう方はいらっしゃいますか」

ディスパッチとはいまのFSSの前身で、まだ現場に山根のようなライセンサーがいて、権限があった頃の話だ。年配のパイロットはFSSなどとはいわず、必ずディスパッチと昔風に呼ぶが、いまでは上部組織の運航統制本部《FOX》が、すべての権力を握っている。

柳沢が「俺が出よう」と受話器を受け取った。

「こちらFOXの柳沢だが」

「は？　おっしゃっていることがわかりかねますが」

「は？　何のことでしょう。下の者と代わるから」

山根が呼ばれ、不機嫌そうな柳沢に何回も頭を下げて、遠慮しながら両手で受話器を受け取った。いくらFOXが上部組織とはいえ、そこまでぺこぺこしなくてもいいだろう。

「もしもし、FSSの山根が代わりました」

電話は朝霧からだった。興奮している。

《何だい、いまの若造は。山根さん、クリアランスがこないんだ。リクエストしてほしいんだが、二五《にいご》でダイレクトマイク・インディア・シエラへ頼む。後はリマークスにショート・オブ・フューエルを入れといてくれ。所沢《ところざわ》の東京航空管制本部のコンピューターがダウンして、連絡に手間取っているとのことだ。そのためかどうか知らないが、まだこの場所から移動させる許可が出ていないと言っている》

「わかりました。コールバックします」

《ともかく戦闘機に周りを取り囲まれているから、動くに動けない状況だ。本社の対策本部は何をしているんだ。すぐにここを出たい》

ＦＳＳに連絡を入れたが、札幌航空交通管制部との連絡はＦＯＸの管轄なので、こちらから連絡を入れても時間がかかるだろうとの返事だった。そんなことは普段の山根なら百も承知だった。やはり慌てている。

柳沢はと見ると電話中だった。寒川にクリアランスが出ないそうですとだけ言って、柳沢の席に急いだ。彼はこちらを見上げ、ちょっと待ってくれと合図をした。しかし一分経ってもまだ話は続いていた。自衛隊の輸送機はすでに天ヶ森へと向かったはずだが、二〇六便はまだ奥尻で旋回を続けている。プルトニウムの空中捕獲作戦に使える燃料がまた少なくなった。壁の時計は一三時五〇分を指していた。

「……だから、記者会見にはこちらの人間は忙しくて出られない。だから、三沢の天ヶ森射爆場の使用許可はまだなんだが、それについて坂井が連絡を入れたろう。まあ、決定みたいなもんだが、いや、向かわせたのは。いま時間がないんであとで連絡を、わかっている。わかったよ。だから、責任とか何とかいま言っても。あとで連絡するから。そうだ川口、おまえには責任はないよ。ちょっと、あとで連絡入れるから、いまは時間が、わかった。俺から部長に言っておく。おまえの責任ではないのはわかっている。いまシップからも連絡が入ったらしい、だからあとで連絡するから、ああ知っている。ともかくあとで。わかった！　あとで連絡する」

広報の川口はしつこいんだ。俺と同期入社なんだがあいつは私大出でと、電話を切った柳沢がこちらを向いた。広報の川口の名前を聞いて、山根の体中を嫌な感触が駆けめぐった。ある事件で自分が取った行動に、彼が諸規則違反を問うたのだ。その結果、上司や関係した機長にまでも迷惑をかけ、一時は辞職までも考えた。その彼とまた鉢合わせする。今回も自分のしていることの間違いを指摘して、また何か言うのだろう。しかし上空には、乗客を乗せたままさまよっている二〇六便があり、川口のことなど考えている時間はないはずだ。

クリアランスが出ないことを説明すると、柳沢はすでにそのことを知っていた。

「彼はそのことで電話をかけてきたんだ。機が移動すると連絡が入ったので、川口が米軍の許可が下りたかどうか確認するまで、クリアランスを出さないようにと止めたらしい。話しぶりから見て、川口はまだ天ヶ森射爆場のことを知らなかったようだった。いまクリアランスを出すように言っておいた。そうしたら奴が責任がどうのこうのと」

■1350■ファットボーイ

会議室全体が二〇六便との会話に聞き耳を立てているように、竹村には感じられた。

「R130の使用許可が出ました。特殊作戦群のC‐130H輸送機はすでにそちらに向かっているはずですが、投下する前に編隊を組んで上空を飛び、タイミングを計りたいとのことです。それには二〇分はかかるだろうとのことでした。かなり燃料を使うと思うのですが大丈夫でしょうか」

《ちょっと待ってくれ、チェックする。それから、いまR130へのクリアランスが来た》

竹村は受話器を手で覆うと、「いま、シップでは残燃料を調べています」と皆に伝えた。

《お待たせした。R130まで最小燃料で飛んでも一万七〇〇〇ポンドしか残らない。フラップを最大位置《フルダウン》にして三〇分間も編隊を組んで飛ぶのは無理だ。車輪は降ろさないのでその分の抵抗は少ないが、ざっと考えても通常飛行の二割から三割増しの燃料を使うだろう。投下のタイミングを計ったあとは、二〇分間分の燃料しかないことになる。そのまま三沢に降りるにしても燃料はぎりぎりだ。三沢にはうちの整備はいないからアドバイスも受けられないだろう。なんとか函館まで引き返す燃料を取っておきたい》

「了解しました。伝えておきます。編隊飛行の詳しい打ち合わせは、シップ同士でお願いします。向こうから緊急周波数《ガード》で呼んでくるはずです」

《了解。投下するスーツケースの準備がほぼ完了したらしい。キャビンから連絡があったので見てくる。その間の無線連絡は山園か大林が受けるのでよろしく頼む》

竹村は函館まで引き返す燃料のことを山根に伝え、準備ができたようだと報告すると、安堵感のような雰囲気が漂い始めた。これで投下がうまくいけば、どこに着陸しても問題はないと思っているらしい。

しかし竹村にとっては、着陸となってからが大変なのだ。乗客二四六名乗務員一五名の二六一名の人間を乗せた車輪故障のジャンボを、安全に着陸させるにはどうするか。堀内と会議室の隅にあるテーブルに図面を広げてもう一度検証に入ってみたものの、考えられる方法はほぼ出尽くした感がある。

「着陸はさっきシップに伝えた方法で問題ないな」

「主任、そこなんですが、燃料が底をついて時間がないときにするには、少し複雑すぎるような気がするのです。ですから今朝矢野が言った方法がいいかもしれません」

「というと、ウイングギアだけで降りるのか」

「無難というのも変ですが、脚さえ折れなければ、火が出る確率は一番少ないと思われるのです。どうでしょう」

「いまの連絡だとほとんど燃料がない。ハイドロを切ると、フラップそのほかの操作が通常の三倍の時間がかかる。時間的余裕があるか心配なんだ」

「それは問題ないと思いますよ」

堀内の見方は違っていた。

「編隊飛行で飛ぶ時には、フラップは下げているわけですから、そのままハイドロを切ればいいわけで、作動時間は関係ないと思います」

「三沢に降りるのならそれでもいいかもしれないが、函館となるとそうはいかないだろう。もちろん燃料の量によるけどな。それにウイングギアだけだとほかにも問題があるかもしれない」

機長は函館といっているが、結局は燃料がなくて三沢になると考えた方が現実的かもしれない。燃料を気にしながらでは、落ち着いて投下もできないだろう。

「問題といいますと」

「重心位置だ。例のパン・アメリカン航空《パンナム》機を思い出したんだ。ボディーギアなしで着陸すると、尻餅をつく可能性がある。ウイングギアを中心に、ちょうどシーソーのように前後にふらつくと思うんだ。そうなると危なくて脱出もできなければ、救助隊も近寄れない」

「竹村さんに電話。二〇六からです」

急いで駆けつける。

《R130に向かっている。いま投下用の装備を見てきた。スーツケースをファーストとビジネスクラスを分けているカーテンで包んで水滴型にして、エコノミークラスの椅子のクッションが緩衝材としていれてある。十字形につけられた四枚の翼は客室のパーティションのパネルで、その取り付けにサービスカートのフレームが役に立ったようだ。コーパイの大林が作ったんだが、ちょっとやそっとでは壊れませんと自慢してたくらい頑丈だ。これを右後方のR5ドアから投下するつもりだ》

「了解しました。どのくらいの大きさになりましたか」

《直径がだいたい六〇センチで長さが一メートル二〇くらいかな。これで回転はしないと思う。ただ重さが五キロほど増えたようだ。翼の付け根にパラシュートのベルトを引っかける輪がある。キャビンのエスケープ・ロープで作ってあるので、かなり丈夫だ。先ほどの塚本さんが、ファットボーイと名付けたそうだ》

竹村は直径六〇センチと聞いて驚いた。そんな大きなものが投下できるほど、後部右側のR5ドアを広く開けられるだろうか。

旅客機のドアは飛行中に開かないように内側から閉じる構造で、開口部より大きく作られている。しかし脱出の際の妨げにならないように外側に開く。そのためいったん内側に引き込まれ、その際ドアの上下の部分が折りたたまれて開口部より小さくなる。それから開口部を通って外に向かって開くという複雑な構造をしている。

キャビンスモークの煙排出のためにはほんの数センチ、広くても一〇センチも開ければ充分なのだ。ファットボーイを外に出すには、ドアを半分近く開けないと通らないだろう。ドアは上下の部分が折りたたまれた状態で室内に半分、外側にも半分出ることになる。時速二五〇キロの風圧と振動はかなりのものだ。それに耐えながらドアを開け、そこから直径六〇センチ、三五キロもの大きな荷物をタイミングを外さずに投下できるのか。

しかもドアの内側下半分には、脱出スライド《エスケープ》を納めた大きなふくらみがあり、四〇センチほど内側に張り出している。その部分を考えると荷物を外に投げ出すスペースは、ドアの上半分だけということになりかねない。

「キャプテン。寸法から考えますと、ファットボーイを投下するのに、ドアに格納されているエスケープ・スライドを外さないと、出せないんじゃないでしょうか」

《取り外せばかなり作業はしやすくなる。それは見たときからわかっているんだが、これは非常用装備品で機外への脱出に使われる。チーフパーサーは、いくら乗客を前方に集めていても、もし前方で火災が発生したら乗客は後部へと逃げて来る。その時にこのドアに脱出用のエスケープ・スライドがついていないとしたら、脱出に支障をきたすという意見なのだ。そう考えると取り外す決心ができないんだ》

確かにその通りだ。だが外さなければ投下は不可能だろう。電話の向こうで相談しているような会話が聞こえている。

《お待たせしてすまん。このファットボーイを捨てないことには、R5出口を使うこともできないわけだから、緊急度で考えると緊急装備品といえど、外すことで皆の意見がまとまった。これからエスケープ・スライドを外す。これにはCAの協力が必要になる、というのもコクピットの二人を操縦席から離すわけにはいかないからな。投下する時に一緒にやってくれるCAも決めたい》

「かなり重いですから気をつけてください」

エスケープ・スライドは機内整備をするとき以外は取り外さないし、クルーも出発前点検で展開用ガスの圧力をチェックするだけで、取り外した経験がある者は誰もいないだろう。いったん電話が切れた。

再びエアコンの音だけが響くようになった。舞台が機上に移り、もはや地上でできることがなくなったのだ。時々ひそひそ話が聞こえるだけの待ちの時間が続く。

寒川がぼそっとつぶやいた。

「ファットボーイという名前に何か意味があるのか」

岡部がメモ用紙に絵を描き、隣の寒川の前に置いた。

「これは想像ですが、形が似ているからだと思います。アメリカが広島に落とした丸っこい原爆の名前がリトルボーイでウランが原料でしたが、長崎に落としたのがプルトニウムを原料とした核爆弾で、あだ名がファットマンだったんです。それで両方の名前を取ってファットボーイにしたんじゃないでしょうか」

「あまりよい趣味ではないな」

確かにそうかもしれないが、大変な緊張を強いられているはずの機内で、こんなジョークが出るという塚本という人は、強靭な神経の持ち主だ。自分にはとてもまねできそうにないと竹村は思った。

堀内がR5ドアの図面を持ってきた。

「先ほど機長は、これを外すのにＣＡの応援を頼むといっていましたね。ちょっと見てください。Ｒ５ドアのエスケープ・スライドは七〇人乗りの救命筏《ラフト》を兼ねているので、九五キロ近い重量があるんです」

外すには男性乗客の協力が不可欠に違いない。しかも操作方法を間違えると、七〇人乗りのゴムボートのようなものが一五秒以内に展開し、その付近のキャビンは身動きがとれないほどになる。堀内も黙っているが内心はかなり心配しているはずだ。

「大丈夫だよ。朝霧さんならその辺はうまくやるだろう」

二〇六から電話が入った。

《東京航空管制本部のコンピューターダウンが原因かどうかわからないが、札幌コントロールとも交信が難しい。まだ自衛隊の輸送機と通信連絡《コンタクト》が取れてない。向こうは高度一万三〇〇〇まで高度を下ろして来るんだったな。それでこっちも徐々に高度を下ろしている。コンタクトがとれるまでは、会合地点へ真っ直ぐ向かうつもりだ》

「了解しました。先ほどのエスケープ・スライドの件ですが、重量が約一〇〇キロ近くあります。取り外しには男手がいると思うのですが」

《ああ、大丈夫だ。乗客の方に手伝っていただくことになったので、俺もキャビンへ行く。いま準備しているが、一万三〇〇〇フィートに降りて、機体が水平になってから作業にかかる。チーフパーサーに手順を読み上げてもらい、それに従って操作を進める。カバーが大きいので俺と、反対側には身体のがっしりした乗客にお願いして、両側から二人がかりで外す。そのほかにも、

側に男性二人の援助者をお願いしてある》

「それだけやっていただければ万全です」

話している間にメモが回ってきた。

「三沢から自衛隊の地上部隊がR130へ陸路向かっているそうです。詳しくはわかりませんが、六ヶ所村の原子力再処理施設の防災処理班が、これも装備を持って射爆場に向かったそうです。あの射爆場は狭いので海上に落下した場合に備えて、監視のための船がむつ小川原港から出た模様との連絡が対策本部より入りました」

《了解。ありがとう。俺はキャビンに行くから、あとの連絡は山園機長とお願いする》

まもなくカバーの取り外しが行われ、自衛隊機との会合は予定通りR130の東四五マイル地点と皆に伝えた。山根が航空路地図に赤い丸印を書き込み、OHPでスクリーンに映すと、どよめきが起きた。

「それはわかったが、いま二〇六はどの辺なんだ」

山根が壁の時計と自分の時計を見比べながら、OHPの地図をずらした。

「たぶんこの竜飛岬《たっぴみさき》あたりと思います。竹村さん、次に連絡があったら機内の病人の具合を聞いてください」

一時的に起きた話し声も、しぼむように静かになった。柳沢がじっとスクリーンのその場所を見つめているのが妙に印象に残った。

■1405■朝霧機長

朝霧はR5ドアの前に、夏子が横に立って操作手順を読み上げる。

「セレクターレバー、オートマチック」

「オートマチック。チェック」

「ドアハンドルを四五度の角度にする」

朝霧がハンドルを回すと、かすかな手応えがあってドアからプレッシャーが抜けた。

「カバーの下の部分を手前に持ち上げ、両側の黄色いレバーを手前に引く」

大きなカバーが外れ、中からきれいにたたまれた銀色のエスケープ・スライド／ラフトが現れた。家庭用エアコンの室外機くらいの大きさだ。これがふくらむと最大で七〇人が乗れるラフトになるとは、とうてい思えない。

本体の横に付いているサバイバルキットを取り外し、機体側に固定してあるバーを抜き取ると、やっとドアから外せる状態になった。チャイムが鳴って太田鈴江がインターホンをとった。

「キャプテン、コクピットからです。現在一万三〇〇〇フィートで、与圧が抜けたそうです」

窓の外を見ると松前《まつまえ》半島を通過して、右後方に竜飛岬が大きく見えていた。高度が下がっている。ドアを開けるには与圧を抜いて、キャビンを外気と同じ気圧にしなければならない。与圧を急激に抜くと耳が痛くなったり、気分が悪くなったりする乗客が出る。先ほどから誰にも気づかれないように、ゆっくりと抜いていたのだ。

「了解した。こっちはエスケープ・スライドの取り外しにかかっているところだ。俺はここから離れられない。山園機長に、自衛隊機との編隊飛行をお願いしたいと伝えてくれ。山園さん、聞いているか？」

〈はい。山園です。編隊飛行は慣れてますので、了解しました〉

こもった声は与圧を抜いたので、酸素マスクを付けているからだ。

「さっきも話したように投下前の練習はできない。どうしても整備のいる函館までは帰りたいので、その燃料は取っておこうと思う。投下は練習なしで行いたいと自衛隊側に伝えてほしい」

〈了解しました〉

援助者の男性の様子がおかしいのに気づいたのは夏子だった。まだ力仕事もしていないのに顔が赤くなっている。聞くと食事が終わったあとも、ワインを飲んでいたと答えた。与圧を抜いた機内は酸素が少なくなる。そのため血液中の酸素が減り、アルコール濃度が上昇したのだろう。

一万三〇〇〇フィートだとほぼ富士山の頂上と同じ気圧だ。この高度なら人体に悪影響はないが、脳に供給される酸素が減るので、判断力や作業効率が落ちる。そのためコクピットは酸素マスクをつけるが、酸素消費量の少ない乗客はまだマスクを使う必要のない高度とされている。ここでの作業は、当然のことだが酸素消費量が増える。それには各人がポータブル酸素ボトルを使用して、数分おきに酸素を吸えば問題ない。

すぐに作業を中止して座席に座ってもらう。佐々野昭子が男性の口に酸素マスクをつけて、ゆっくりと吸わせる。

もう一人の援助者は、ほとんど飲んでいないということだったが、作業を始める前に彼にも酸素を吸ってもらう。

作業が再開された。

「ドアハンドル、クローズ」

「クローズ位置、チェック」

二人がかりでエスケープ・スライド／ラフトを押さえる。

「L型ハンドルを回す」

押さえている手に想像以上の重さがかかった。スライド／ラフトがドアから外れたようだ。そのままゆっくりと床に倒す。それから二人で両側を持ち、引きずるようにしてなんとかラバトリーの通路まで押し込んだ。

ドアのふくらみがなくなって広くなったドア周りに、ファットボーイを持ってくるのだが、翼が付いているので一人では意外に持ちにくい。これも二人で持ち上げる。重さはスライド／ラフトに比べるまでもなく軽く、朝霧はこれなら一人で投下できそうに思えた。実際の投下は夏子たちに手伝わせるが、しかし万が一に備えて、もう一人の援助者には、投下までそこにいてもらうことにした。

どこに置いたら一番投下しやすいか、足場や角度を決めていると軽い振動を感じた。減速のためにスピードブレーキを使っているようだ。インターホンのチャイムが鳴った。大林からだった。

〈まもなく陸奥《むつ》湾ですが、衝突防止装置《TCAS》でも自衛隊機を確認できません。三沢の沖合三〇マイルで編隊を組みたいとの話でしたので、このままR130を通り越して、途中で通信と投下タイミングの合わせ方をチェックしたいと思います。自衛隊機の速度が遅いので現在減速しています。準備はいかがでしょうか〉

「こっちの準備はOKだ。相手が見えたら一三五ノットまで落としてくれないか。ドアを開けて投下体勢に入る」

〈了解しました。山園キャプテンは三〇マイル地点で、旋回中に最終の減速をして一三五ノットにするそうです〉

「ちょっと待ってくれ。三〇マイルの地点で最終速度にすると二〇分近くかかってしまう。燃料を使いすぎる。せめて二〇マイルにするように言ってくれないか」

〈山園です。先ほどの地上との連絡では、ともかく編隊を組むのに短くても五分はかかるそうです。特にこの場合タイトな編隊で、両機の距離を最小限まで詰めないとできないそうです。三〇マイルから始めてもぎりぎりなんだそうです〉

「了解。それなら仕方ないな。ありがとう。相手機を視認したら教えてくれ」

〈了解しました。そちらへの連絡はどうしましょう。整備用のジャックを使いますか、それともキャビンのスピーカーを使って一斉放送《PA》で流しますか〉

「そうだな、キャビンのＰＡにしてもらおうか。整備用のジャックにイヤホンを入れて聞いてもいいが、上空で使うと雑音が入るだろう。両手を使うし、移動して途中で外れても困るので、ＰＡで頼む」

すぐにＰＡでのテスト放送が大林の声で行われた。続いて管制との交信がキャビンに流れた。早口の無線英語のやりとりは、乗客の不安感を高めたようだったが、それが流れることで、キャビンにいる朝霧に機の位置や飛行状況が伝わるのだ。

三沢基地は米軍機の離発着も多く、その間をぬって民間の定期便も就航していることから、自衛隊機と二機揃った時点で、三沢の管制圏に入る予定だった。その後は三沢の北東からいったん南に下がり、太平洋上をゆっくりと左旋回を続けながら三〇マイル地点へレーダーで誘導されるはずだったが、相手機がまだ見つからないので、管制圏に入れずにいた。

「キャプテン、コクピットからです」

佐々野昭子に呼ばれてR5のインターホンに向かう。大林からだった。

〈お客さんに聞かれない方がよいと思いましたので。いまカンパニーから入った連絡ですと、自衛隊機の出発が遅れたそうです。三〇マイルの海上で、しばらく待ってくれとのことでした。どうしますか〉

「燃料はどうだ」

〈ここで待ったら函館に向かう燃料はありません。三沢に降りるのが精一杯です〉

「ファットボーイを捨てないことには、どこにも降りられないからな。仕方がない、三沢に降りることにして、旋回して待つしかないだろう。それにしても三〇マイルの海上というのはおかしいな。ちょうど進入経路の延長線上だろう。そんなところで待たせるのか」

〈代わりました、山園です。その連絡をくれた将校は山川さんといいましたか？　特殊部隊が作戦に遅れるとは信じられないな、それに普通は部隊名と階級くらいは言ってくるものですよ。何かおかしいですね。まだ管制圏に入ってませんから、ここで旋回しましょうか〉

「そうしてくれ。その間に投下の練習をしておこう。最低速度に減速して旋回してくれないか」

〈了解しました〉

ハイドロポンプの音がして、身体が前にのめるような減速を感じ、エンジンの音が一段と甲高くなった。低速で飛ぶためにフラップを降ろすと揚力は増えるが、大きな抵抗に打ち勝つにはパワーが必要になる。朝霧がコクピットにインターホンを入れる。

「速度も安定したようだから、ドアを開ける。もう一度差圧《デルタP》を確認してくれ」

《了解。ΔP《デルタ》はゼロです。いつ開けても結構です。こちらで行うチェックリストはありません》

「念のためだ、与圧空調《パック》をオフにしてくれないか」

《了解、パック、オフ》

ドアハンドルを固定するため、太田鈴江がR3のストエージから、もう一本のエスケープロープを持ってきた。それを受け取った夏子がドアハンドルに巻き付けて結び、もう一方の端を佐々野昭子がドアの開閉時につかむ握り手《アシストグリップ》に通してしっかりと握った。

「よし、少し早いけどドアを開けよう。じゃあ、また読み上げてくれ」

「はい。モードセレクター、マニュアル」

夏子が読み上げ、太田鈴江がセレクターレバーを手動《マニュアル》位置にセットした。

「ドアハンドルを中間位置まで回し、その位置で固定する」

朝霧がドアハンドルを持ってオープン方向へゆっくりと動かした。猛烈な風切り音が隙間から飛び込んできた。埃が舞い上がる。そのまま中間位置まで回したが、ほんの少し内側に開いただけでとてもものを投下できる間隔ではない。しかし舞い上がる埃と風切り音がひどく、通常の声では話ができないほどだ。

「中間位置では投下できない。このままオープン位置まで回そう！」

さらにハンドルを回すと、風圧のためにドアが振動を始めた。機内に入る空気と吸い出される空気が干渉しているのだろう、耳にまで空気の振動圧を感じる。埃が窓からの光にきらきらと反射する。もう一カ所ドアを開ければこの騒音も収まるかもしれないが、もうそんな時間はない。

ハンドルを中間位置に戻すと少し収まった。佐々野昭子にこの位置で固定するように言う。昭子がロープをアシストグリップに巻き付けるのを夏子と太田鈴江が手伝う。前方に移動した乗客全員が振り返ってこちらを見ているのが気がかりだったが、しかし説明している時間はない。

「ちょっと、そのまま待ってくれ」

R5へ行こうとしたが騒音がうるさそうなので、左側L5のインターホンに向かった。すぐに大林がでた。

〈どうです。開いたようですね。モニターで開いたことを確認しました。この辺で旋回に入りま

すけどいいですか〉

「ああかまわない。空気の流れができないので、広く開けられないんだ。パックを入れてみてくれ」

機体が傾いて左旋回に入ったようだった。左下に下北半島の小川原湖と、その少し先には六ヶ所村の核燃料サイクル施設が見えていた。

〈了解しました。パックは一つですか、それとも全部ですか〉

「そうだな、ワンパックに」

こちらが旋回に入ったためか、斜め後ろに航空機が飛んでいるのが窓からちらっと見えた。やっとC－130H輸送機と接触できた。

「おい大林、C－130H輸送機は後ろに来ているぞ」

〈何も映ってませんが〉

よく見ると編隊を組んだ二機の戦闘機だ。

「違う。戦闘機だ」

あいつらは何のために後ろに付いているのだ。

「そこから六ヶ所村が見えるか」

〈左前方です〉

左前方か、この機は六ヶ所村に向かって旋回している？

「すぐにフラップを上げて六ヶ所村の原子力施設から離れるんだ！　あいつらハイジャックと間

違えて攻撃してくるぞ。いま、そっちに行く」

エンジン音が一気に高まり、右翼を上げ急旋回しながら加速に移った。夏子にドアを元通り閉めるように指示をする。ドアを閉めながら夏子が叫んだ。

「戦闘機がすぐ側にいます！」

いま戦闘機に攻撃されたら一撃で終わりだ。いきなり機首が下がり、落下に近い勢いで高度を下げ始めた。乗客の悲鳴が上がった。傾いたキャビンの窓から、機が陸地の上にいることが確認できた。朝霧はコクピットに向かって通路を走った。

■1417■成田空港C会議室

成田の現地対策本部では、電話が鳴りっぱなしの状態だった。柳沢は落ち着けなかった。先ほどから竹村が二〇六を何回も呼び出しているのだが、連絡が付かないのだ。寒川は本社からの対応に追われていた。

「いえ、ハイジャックされたという報告は入っておりません。三沢に向かう途中で、たまたま六ヶ所村の上空近くにさしかかったのかと思います。確かです。二〇六からは何も入ってきていませんが、こちらからも連絡を取っています。もう少しお待ちください」

寒川は本社との電話を終えると、柳沢の席まで歩いてきた。

「柳沢君。ＦＯＸにはフライトを監視するシステムがあるだろ。あれで二〇六の現在地を確認できないか」

「あれは主に航路上《エンルート》の位置と天候や揺れの情報を示すもので、フライトプラン通りのルートを飛んでいないと表示できません」

柳沢は受話器を坂井に渡し、眼鏡を外して立ち上がった。寒川と並んでゆっくり壁際へと移動した。

「いま東京航空管制本部に確認しようとしていたところです。確実な情報ではありませんが、ＦＯＸ本部の話では、レーダーから機影が消えたらしいと聞きましたので、ちょっと心配なのです」

「まさか」

「何かあれば管制本部が最初に知るわけですから、すぐにわかると思います。万が一のことを考えまして、あの近海に船を出すように、先ほど手配はすませてあります」

「機影が消えたとしても、まだ燃料はあったし、別に不具合も言っていなかった。どうも原因が考えつかないのだ」

血の気がないとは、いまの寒川の顔色を言うのだと柳沢は思った。上に立つ者は心の中の不安を顔に出してはいけない、この男はそんな基本的なこともできないのだ。

「確かに、私もそう考えていました」

電話を終えた坂井が小走りに近づいてきた。

「お話し中に失礼します。いま東京航空管制本部から連絡が入りました。それによりますと『二〇六便は緊急信号を発信していた。機影が消えたのは一四時一七分、三沢の東三五キロの八甲田山付近』とのことです」

寒川は立ち止まったまま動かなかった。

「いまから五分ほど前です」

柳沢も寒川と向かい合って立ち止まったまま、いまの状況が把握できないでいた。機内に搭載されたプルトニウムの一件を表沙汰にしないために、領海外の海に強制着水させると言っていたではないか。それがなぜ陸上で消えたのだ。

もし本当なら最悪のシナリオだ。山に墜落したのであれば、爆発炎上と続いただろう。放射性物質は黒煙と炎に吹き上げられ、風下の広大な地域は人間はもちろん、あらゆる生物は住めなくなる。何しろ耳かき一杯で、数千人がガンになるという猛毒な物質なのだ。すぐに住民を避難させなければならない。だが誰がどうやって、どこへ。もう一企業の力の及ぶ範囲は超えている。やはり核という言葉で国は狂ったか。

「本社！　本社は、知っているのか」

寒川の目は落ち着きをなくしている。

「本社よりも官邸対策室や非常災害対策本部です。あそこにいる連中が何を考えているんだか」

思わず口走った柳沢は、その先で言葉が停まった。

本社から一報が入ったとき、非常災害対策本部が設置されたと聞いたか？　いや、設置に向け準備に入るとは言っていたが、その後も設置されたとは聞いていない。

そうか、よく考えてみると、シャンパンの瓶に入ったプルトニウム溶液ぐらいで、政府内に官邸対策室を設置し、非常災害対策本部を立ち上げるということは、プルトニウムがいかに危険な物質であるかを、政府自身が大々的に宣伝するようなものではないか。そんなことをしたら、プルサーマル反対運動を勢いづけるだけで、その危険物質を三七トンも持っている政府にとって、なんの得策にもならないはずだ。

強制着水が失敗したいまとなっては「ハイジャックされた二〇六便が、原子力施設に向かったので撃墜した」と発表して一件落着にするつもりなのだ。「プルトニウムの一件は表沙汰にしない」という方針から考えれば、当然のことだ。

非常災害対策本部設置の動きなど、最初からなかったと考える方が合理的だ。汚染による国家的損失などと考えていた自分が甘かった。

国家権力のより深いところに一切を立案した男がいる。処置の緻密さ非情さから考えて、政治家ではない。官僚の仕事だ。この冷酷な秀才は何年卒のどんなやつだろう。それに比べてこの会議室にいる連中ときたら、ただ右往左往しているだけではないか。

しかしこれで俺の立場はどうなる。六ヶ所村の原子力施設の上空へ誘導し、誤撃墜の原因を作ったのはこの俺だ。千歳からの自衛隊機という話に乗せられたと、いくら弁明しても誰も信じないだろう。千歳にそんな部隊など存在しないし、特殊作戦群に山川という男もいないに違いない。千歳から自衛隊機なんか来ないことも、最初から計算済みだったのだ。航空会社社員の非常識な行為と、週刊誌に書かれてスケープゴートにされてしまう可能性もある。

いや、俺をはめようたって、そうはさせない。まだ間に合う。荒々しく受話器を取り上げると、本部の番号をたたいた。

竹村は柳沢の剣幕に驚いて振り返った。顔色を変えて相手にかみついている。どうしたというのだ。何か予想外の事態でも起きたのか。また電話が鳴った。電話を取った竹村は耳を疑った。

「誰か！　管制本部に知らせてください。二〇六便からです」

それを聞いて誰よりも「撃墜されなくて助かった」と胸をなで下ろしたのは柳沢のようだ。直ちに電話を切ると、ほかの者に混じって竹村の周りに近づき、それとなく二〇六便との会話に耳をそばだてていた。

「ご無事でしたか。レーダーから機影が消えたと聞いたときには、もう寿命が縮まりました」

声がかすれ、受話器を持つ手の震えがまだ止まらない。

《一体どうなっているんだ。戦闘機に追いかけられている。攻撃されないように機体を滑らせて、低空で山の合間を這い回っていたんだ。プルトニウムを積んでいるのを知っているはずだから、陸の上にいれば撃墜されないと思ってな。山園機長はさすが自衛隊出身だ》

「了解しました。先ほどから衛星通信《SATCOM》で呼び出していたのですが」

《戦闘機に緊急周波数《ガード》で連絡しても返答なしだ。札幌コントロールにもコンタクトできない。電話どころじゃない。どうもハイジャックされたと思われているみたいだ》

東京管制本部のコンピューターが故障しているから、連絡がうまく取れないのだろう。

「どこかで誤解が生じているようですが」

超低空を飛ぶと、レーダーの水平限界よりも下に入ることがある。そうなるとレーダーには映らない。それで画面から消えたらしい。

「本社から警察庁と防衛庁へ連絡を入れましたが、ハイジャックではないといっても、信じてくれません。いまどこを」

《青森の上空まで引き返した。人口が多いところにいれば安全なわけだ。いまはプルトニウムが俺たちを守ってくれている。皮肉だな》

柳沢が竹村を呼ぶ声がした。

「二〇六は緊急信号を発信し続けているようだが、それがハイジャックされているという合図に思われているらしい。もし出しているならすぐに止めるように伝えてくれないか」

管制本部に電話で問い合わせ中なのだろう、受話器の口を片手でふさいでいる。竹村は手で了解の合図を送った。

「キャプテン。緊急信号を出していますか」

《ああ、出している》

「すぐに止めていただけませんか。ハイジャックされたと見られているようなんです」

《ハイジャック信号とはコードが違う。交通量の多いところを横切るので、奥尻を出て本土上空にかかった時点からオンにしている。車輪が故障してプルトニウムを積んでいるんだ。これが緊

急事態でなくて何なんだ》
「そうかもしれませんが、ともかくオフにしてください」
《わかった。いまオフにした》
「まもなく戦闘機も離れると思いますが、この先どうなさいますか」
《もう函館には行かれそうもない。低空で飛び回ったから、燃料が心細くなっている。それより千歳から来るはずの、パラシュート部隊はどうなったんだ》
「確認します。ちょっと待ってください」
札幌からのパラシュート部隊は、と言いかけたところで、柳沢が受話器を耳に当てたまま、応えてくれた。
「どうも、二〇六便がハイジャックされたと指示が流れて、引き返した模様です」
やけに愛想がよい。一体何があったのだろう。すぐに二〇六に伝える。
《何を馬鹿なことをやっているんだ。いまからではすべて間に合わない。いま、大林が計算したんだが、燃料は予定より消費が多くて、一五時〇八分までしか保たないそうだ。あと四二分だ》
「それまでに解決策を考えます。少し時間をください」
《わかった。こちらでも何か考える》
それにしてもおかしな話だ。引き返すなら引き返すで連絡があるはずだ。まさかとは思うが、二〇六からの緊急信号などなくても、自衛隊機は最初から来る気などなかったのではないかと疑いたくもなる。

「飛行可能時間はあと四二分だそうです。降りられる飛行場を探してください」

竹村は会議室全体に聞こえるように言うと、堀内を図面が広げられている机に呼んだ。

「すぐに何か方法を考えないと。どこに着陸するにしても、プルトニウムだかセシウムだかを捨てなければだめだな」

「寸法を聞いたときに大きすぎて無理だと思いましたよ。ドアがうまく開かなかったんでしょう」

「あれより小さくは作れなかったんじゃないかな」

陸上に降りるには、スカイダイビングでパラシュートを付ける案にまさる何かを考える。時間に間に合わないと不時着水しか残された道はない。

ジャンボがいくら遅く飛ぶといっても一三五ノット、時速二五〇キロだ。そこから投下して、壊れないものなどないと思えた。竹村は腕組みをして天井をにらみながら、寝不足で疲れた頭を働かせようと努力した。

モーニングが遅れたのに家に連絡していなかった。いつもは九時半には家に着く。玄関先に出してあるゴミを捨てにいくのが竹村の役目だった。今日はまだそのままになっているかもしれない。妻の良江《よしえ》が気が付いてくれればいいが。なぜこんな時に思い出すのだろう。堀内は紙に何か描きながら考えごとをしている。

会議室の誰もが、これといった方策は見いだしていないようだった。眉間に皺を寄せたり、書類をめくりながら考えているそぶりは見せているものの、端から見たら単なる雑談が続いているように思われただろう。かがみ込んでいた堀内が顔を天井に向けた。

電話が鳴った。竹村が予想したよりも早く朝霧からかかってきてしまった。

「すみません、まだこちらでは、解決方法が考えついていません」

《ボトルを一本にして、小さい包みを作るのはどうだろう。二本でもいいかもしれん。ともかく軽く小さくして、それをゴミを入れる大きなビニール袋に入れて、抵抗と浮力のために救命胴衣を結びつける。これなら可能性はあると思わないか》

「ボトルの目方はどのくらいですか」

《七五〇ミリリットル入りだから、たいしたことはないと思う。いまギャレーに積んであるシャンパンで計ったところだ。ボトルは七二〇グラムほどらしい。中身は惜しげもなく捨てたそうだ》

「軽ければ落下速度も遅くなりますし、小さい抵抗で減速できます。それを低空から海に投げ入れるわけですね」

《そうだ。減速が終わり落下速度が付く前に着水するようにしたらどうだろうか。ボトルは一本ずつにして、だいたい五〇フィートくらい上空から落とせば、時速三〇キロ程度まで落ちると思うんだ。形状が一つ一つ違うから大雑把な計算だ》

「時間がない中で一四個も作れますでしょうか。できれば救命胴衣もビニール袋に入れて、なるべく大きくふくらむようにしたらいいと思います」

《ともかく試してみたいと思う。機外に出すときに救命胴衣をふくらませるとして、ドアが一五センチも開けば、充分だからな》

「試しにひとつ作ってみてください。こちらでは回収船の手配と、本部の許可はもういいですね。

できあがったら連絡お願いします」

会議室はまた賛否両論に分かれた。

「絶対に割れないという保証はあるのかね」

寒川に絶対と聞かれても、そればかりは何とも言えない。いくら壊れないように包んだとしても、時速二五〇キロの飛行機から落とすのだ。一四本もあれば一本くらいは割れるかもしれない。シャンパンの瓶は圧力に耐えられるように作ってあるから、普通のワインとは形も違うし、ちょっとやそっとでは割れないと矢野が言っていたことを堀内が力説する。

「ボトルは元々緩衝材で包んであるそうです。それを衝撃防止用に柔らかいタオルなどで包みますし、もちろんビニール袋に入れます。シャンパンは中身は七五〇ミリリットルですが、ボトルの目方も普通のワインボトルよりも七、八〇グラムも重いんです。これはいま機上で計ったそうです。それだけ丈夫なんです」

「投下したあとのボトルの回収はどうするつもりかね」

堀内に代わって答えたのは、意外にも柳沢だった。

「あのあたりでしたら、第二管区海上保安本部の八戸海上保安部か、海上自衛隊八戸航空基地の救難飛行隊があります。海上保安部には、先ほど船舶を三沢沖に出していただくようにお願いしていますので、近海にいると思います」

「しかし、もし瓶が割れて中身が流れ出ようものなら、船の上に引き上げるだけでも大変だろう。一つ間違えれば、海水と一緒に核物質が口に入ったり、身体に付いたりしないか」

「巡視船なら、たぶんゴムボートを降ろして潜水士が回収すると思います。救難飛行隊もヘリからゴムボートを降ろすと思います。この時期、彼らはまだドライスーツを着用しているはずで、それだと肌が直接水に触れる部分はほとんどありません」

堀内が腕時計を皆に見えるように指さした。

「ともかく時間がないんです。私たちが安全に着陸できる可能性もあるといくら言っても、受け入れてくれるところがないじゃないですか。核が絡んでいる以上、絶対に安全は存在しないのでしょう？　着水も結局は一緒ですよ」

いままで機上からの投棄に賛成していた寒川がここへきて難色を示し、頑強に抵抗していた柳沢がなぜか援護する側に回っている。

「まもなく機長から、どうするか聞いてくると思います。ほかに何か案がある方は、すぐに申し出ていただけませんか。この案でよろしければ本社対策本部へ協力をお願いしてください」

代替案などすぐに出るようなものではない。やるかやらないかの決断だけだ。皆、寒川の意向を窺うように、それとなく顔が少し動いただけだ。

「副支店長の許可さえいただければ、私が本社の対策本部に伝えますが」

柳沢が電話機に手を添えたまま、寒川に返事を促した。

「わかった。電話してくれ」

機内には医療用の手袋もマスクも数が限られているので、実際に作業に当たったのは朝霧と夏子、それに鈴江と昭子の四人だった。スーツケースからボトルの包みをそっと取り出し、タオルにくるんでテープで止め、救命胴衣の内側に貼り付ける。それをビニールのゴミ袋に入れてしっかりと封をする。救命胴衣をふくらませると、ボトルの周りを包むような形になり、衝撃から守れるように工夫した。試しに救命胴衣をふくらませたところ、グローブにボールが入ったような形になった。しかもビニールの袋の中で救命胴衣が拡張するため、袋も丸くふくれあがって、充分な空気抵抗が得られそうに思えた。

それを一四個作ったのだ。生き残るための作業だった。手袋の中の手が湿気でべたつき、額には汗の粒が浮いた。最後に吐袋や手袋など作業に使ったものを入れた袋を一つ作り、それも同じような形にした。実際の操作はドアの隙間から外に出した時に救命胴衣拡張のひもを引けばよい。

そこまででき上がれば、あとはドアを開くだけだ。先ほどの要領でドアの脇に立ち、ドアを少し開けてみる。一瞬埃が舞い上がり、外に向けて猛烈な勢いで風が吹き出した。

「うまくいきそうだが、空気の流れが強くなりすぎたかもしれない」

〈どうしますか!〉

大林の不安げな声がインターホンから流れた。

「もう一度開けてみる! 強くなりすぎるようだったら連絡するから、そうしたらアウトフローバルブをマニュアルでオープンしてくれ」

空気の流れを強くしないために、排出口をもう一カ所作っておこうというわけだ。しかしこのインターホンでは騒音がひどくて会話ができない。太田鈴江にキャビンの左側、L5のインターホンでコクピットとつないでおくように言うと、またドアのところに戻った。今度は大丈夫だろう。ハンドルに手をかけて準備をする。

「よし、もう一度やる。オープン位置まで開ける。ロープをゆるめてくれ！」

返事と同時にロープがゆるんだ。ハンドルを矢印に沿ってオープン位置へ回す。完全に回りきったところで、音と共にドアが完全に内側に入り込み、後ろの部分が少し開いた状態になった。振動は止まったが舞い上がる埃と風切り音がすごい。アウトフローバルブも開けた方がいい。

「バルブを開けるように言ってくれ！」

反対側にいる太田鈴江に大声で怒鳴った。

「はい」

風の流れが弱くなった。アウトフローバルブが開いたのだろう。あとはドアを腕の力で押し開けるしかない。この風圧にただ外側へ押してもとても無理なことは言うまでもなかった。

「そのアシストグリップにロープをつけて手前に引いたら、ドアのヒンジ側が内側に入るので半分までは開くと思いますが」

しかしそれにはかなりの力が必要だ。しかも投下が完了するまで、そのまま保持しなければならない。

「少し引いてその都度座席の肘掛けに巻き付けましょう。そうすれば少しずつですがドアは開いて、その位置で保持できるはずです」

夏子はロープの端を座席の肘掛けに通して一回りさせ、これでいいとジェスチャーで示した。

このままロープだけで引いてアシストグリップが壊れないか。朝霧はドアに近づいてアシストグリップを両手で握った。二〇センチほど開いたドアの足元から、青い海に巡視艇のような船が浮いているのが見える。目撃者がいる。もう撃墜される心配はないだろう。

「よし、大丈夫だ。あとは海に捨てるだけだ。これで着陸できる」

朝霧はコクピットに引き返すと、ＳＡＴＣＯＭで成田のＣ会議室に連絡を入れた。

竹村はやっと三沢空港から受け入れの了解を取ったところだった。条件は核を積んでいないことで、これはどこの飛行場でも変わりなかったが、二〇六にはもうどこへも行く燃料がないのだ。

一方保安庁との交渉に当たっている柳沢は、まだ海中に落とした放射性物質の入ったボトルを引き上げることで、保安庁から了解が取れていなかった。巡視艇にガイガーカウンターなどの、放射能測定器類が搭載されていないからだ。

「八戸の海上自衛隊にヘリをお願いして、それで機器類を運んだらだめでしょうか」

〈海自さんですか。あそこはそういう機器類は装備していないと思いますよ〉

「六ヶ所村の核燃料サイクル施設から借りることはできませんか」

〈理論的にはね、可能だと思います。そうなるといまから海自さんに頼んで、八戸から六ヶ所まで行って、三沢へ戻るわけですから時間的にかなりかかると思いますが〉

「そうですか。ありがとうございました。もう一度考えてからお電話いたします」

柳沢としては珍しく手詰まりになっていた。川口の言う、人にものを頼んだり頭を下げるという経験がない人間に、自分もなりつつあるのだろうか。仕事といえば、会議と電話と閥の人脈だけでこなしてきた。管理部門のぬるま湯に浸かりすぎていたのだろうか。しかしいまが正念場だ。ここでの存在感を示しておく必要がある。

すぐに山根を呼び、三沢の米軍と連絡を取るように指示した。

竹村に声をかけてきたのは山根だった。

「柳沢課長の指示で、三沢の米軍に聞きましたところ、こちらの事情はわかっているようでした。測定器のことを聞いたら、ヘリで保安庁の船に、隊員とそれらの機器を降下させると、協力を申し出てくれました」

これでほとんどのことは解決した。「主任」と声をかけられ、振り向くと矢野が来ていた。

「これから着陸ですよね。二本バーストして脚が故障しているとしたら、どんな着陸になるか見ておきたいと思うんです。俺、実家が三沢なんです。友達で米軍の動きを監視する平和運動のウオッチャーをしている男がいて、そいつが映像を送ってくれるというんですよ。こっちにビデオチャットの入ったパソコンがあれば、見ることができるんですが、あの方のパソコンにそれが入っていますかね」

電話が鳴った。朝霧からだった。

《どうだ、準備の方は。こっちはドアも開けて、あとは投下するだけだ。キャビンのチーフパーサーからも緊急着陸の準備完了を言ってきている》

「三沢からヘリが飛び立って、巡視船に隊員と計測機器を降ろしたら準備完了です。そこからなら見えると思いますが。空港は緊急着陸態勢で、準備完了という報告が来ています」

《ヘリは見えないが、空港は赤いライトで一杯だ。投下物は全部で一五個ある。高度が低いので直線飛行で投下しようと思う。もうほとんど燃料がないので、機体が軽くなっている。最低速度も遅くなって、一一五ノットまで落とすことが可能だ。一つにつき五秒として一分一五秒かかるから、距離にすると三マイル弱になる。巡視船のいる滑走路の延長線上の、二〇マイル付近から投下を開始して、そのまま着陸するつもりだ。回収するときには数を確認してくれ。スーツケースだけは機内の後部トイレに入れておく》

「了解しました。投下物は一五個で、空《から》のスーツケースは後部トイレの中にあると伝えておきます。ちょっと待ってください」

山根に連絡して、空のスーツケースが後部トイレに入っていることを、三沢の消防救助隊に知らせるように頼んだ。

すぐに竹村の手元に返事のメモがまわされてきた。

〈スーツケースの場所について三沢から了解の返事です。「軍の消防救助隊も日本の非核三原則は知っているが、貴機が持ち込む日米協議の対象である核物質の収納場所は了解した」とのことです〉

冗談を交じえているが、向こうはすべてを知っている。それでも着陸を許可したのだ。

《いま、ヘリが飛び上がったようだ。巡視船に隊員が降りたら投下を開始したい》

「着陸はどのような形でされますか」

《いろいろ考えたが、細かい作業をしている時間がない。それから計器をチェックする限りデータが消えている部分を除いては、油圧も電気も指示はすべてノーマルだ。だから通常の手順通りの着陸をするつもりだ》

竹村は電話を終えると矢野に向き直った。

「何だって」

「ビデオチャットです。あのパソコンに入ってますかね」

岡部のパソコンは寒川の席の正面に置かれ、周りには人垣ができた。画面は時々ちらつくが、海外の災害地から伝えられるニュースの程度には映っている。

海上すれすれに着陸灯がきらっと光った。「おおっ」という大きなどよめきが起き、画面に引きつけられるように人垣が前へ動いた。超低空で自社のボーイング747-400がこちらに向かっている。フラップが全開なので羽を広げた鳶《とび》のようだ。あれで高度五〇フィート以上あるのだろうか。外観はどこも壊れているわけではない。それでも、電話では感じられなかった痛々しさを、誰もが感じていた。二六一人の運命を目《ま》の当たりにしているからかもしれない。

山根は海上の波の具合から、風向きと強さを読み取ろうと目をこらした。柳沢は自分では気づいていなかったが、先ほどまでの海上に不時着という指示は頭の片隅に葬られ、無事に着陸してくれと、皆と同じ気持ちで画面を見つめていた。

「投下した！」

飛行機の後ろの海面に風船のような固まりが並び始めた。距離があり、しかも画面が荒れているのと手ぶれのために、いくつ投下したかは数えられなかった。機が近づくにつれてかすかだが甲高いエンジン音が聞こえてきた。よく見るとまだ車輪を出していない。

「あ！」

堀内と矢野が同時に声を上げ、竹村も息をのんだ。胴体下から白い煙が、ほんの一瞬だったが吹き出たのだ。そのまま車輪が降り始めた。

「何ですか、いまの」

寒川も気が付いたようだ。

「たぶんハイドロオイルです。車輪を出す時の動きで、配管が破れたのだと思います」

油圧系統が一つだめになったのだろうけれど、画面で見る限り機体は微動だにしていない。降ろした車輪の抵抗を打ち消すために、エンジンの回転数がさらに一段高くなった。翼端から出る空気の渦が海面を叩くのだろう、両側の海面が時々白く波立つ。

「これ何かぶら下がっていませんか」

矢野が画面を指さした。機は側面を見せながら通り過ぎていく。確かに棒状のものが左ボディーギアから下がっている。いつも慣れ親しみ、接している機体の傷ついた姿を、これ以上見続けるのは竹村には耐え難かった。何とかうまく着陸してほしい。

木立に遮られて機体が時々見えなくなる。斜め後ろからの映像になった。滑走路の端を通過したあたりでエンジン音が小さくなり高度が下がり始める。機首を上げた機は滑走路の上を真っ直ぐ進んだ。エンジンが止められたのだろう。接地寸前に音が聞こえなくなった。

皆が壊れた車輪に注目した。左ボディーギアは、滑走路に接触した瞬間にホイールから火炎が上がり、火花が辺り一面に飛び散った。曲がって垂れ下がるようになっていたトルクロッドは根元から引きちぎれ、回転しながら胴体の外板を突き破って内部に消えた。割れたホイールの破片は、残っていたタイヤをバーストさせ、黒煙を上げながら外板に突き刺さった。後部補助エンジン用燃料パイプが破れたのだろう、胴体下部からオレンジ色の炎と黒煙があたりを包み込んだ。ホイールを失った台車は、滑走路との摩擦で火花を散らし、バラバラになりながら後部貨物室に飛び込んでいった。黒煙と炎の固まりが上がった。ファイアースイッチの操作によって、燃料タンク側のバルブは閉じているはずだから、パイプの中に残っている燃料が燃えているのだ。竹村は燃え広がる前に消えてくれと祈りながら目をつぶった。

「消火剤が発射された」

矢野が興奮気味に叫んだ。後部貨物室付近から、機体の後ろ半分が見えなくなるほどの白煙が上がっている。すぐに堀内が否定した。

「違う。消火剤のハロンガスでは白煙は出ない。何だあれは。……蒸気のようだな」

「あぁ、二〇〇〇本のワインが割れたんだ」

運良く火災が消えた二〇六便は、必死のブレーキ操作と壊れた主脚の抵抗で急速に機速を落とし、三沢の滑走路の残り三分の一を残したところで左に偏向しながら停止した。駆けつける車のサイレンの音が雑音まじりに聞こえてくる。両側から化学消防車が機を取り囲み、後部胴体は放水の水幕と消火剤の泡が散布された。

放水が続けられている機体後方を除いて、両側のドアが開き、脱出用のスライドが次々と展開した。しかし画面で見る限り脱出している人影は見えなかった。

誰もその場を動かない。柳沢だけが電話機に手を伸ばした。

「いま、無事に着陸しました。はい、わかりました。そう伝えます」

柳沢が寒川に耳打ちし、うなずいた寒川がゆっくりと立ち上がった。

「皆さん、ご苦労様でした。無事着陸できたのも皆さんが一生懸命に協力してくれたおかげだ。本社対策本部からの連絡によると、これから先は本社が対応することになるので、現地対策本部は、この時をもって解散するようにとのことだ。社長からも皆様の努力に感謝するとのメッセージをいただいた。これからも一致協力の気持ちを忘れずに、日常業務に励んでほしい。ご苦労様でした」

拍手が起こり、皆、溶けたように動き出した。持ち込んだ書類を脇に抱え、仲間同士話しながらそれぞれの持ち場へ戻っていった。

竹村と堀内は、救援機が待つ格納庫横の駐機場へと急いだ。羽田からは他社便で、応急部品と整備士一〇人が、すでに三沢に向かっている。

矢野もスクリーンをたたみ、プロジェクターをケースに入れて、一階に下りた。エレベーターホールから見える正面玄関先では、事務職員数人が並んで深々と頭を下げるなか、車の後部座席に乗り込む柳沢の姿があった。

パソコンをショールダーバッグに入れ、肩に担いだ岡部は、ドアのところでもう一度人影のなくなったC会議室を振り返った。

今日の会議で自分は役に立ったのだろうか。プルトニウムをばらまくという最悪の事態は避けられた。その達成感と同時にある種の無力感も感じていた。放射性物質について説明したことは、今日の事件解決にはつながらなかったような気がしてならなかった。積み込まれたものが放射性物質でなくても、たとえばサリンや炭疽菌であっても、機長は同じことをしただろう。またこのC会議室で何を決めたというのだ。ここでしたことは空港の着陸許可や自衛隊との連携などで、サポート業務というようなことばかりだ。海に投下したのも、緊急着陸をしたのも機長だ。ここでの作業は電話をかけたことぐらいではないのか。

岡部はC会議室の灯りを消した。

■一ヶ月後■成田NIA格納庫

マスコミは、乗客に怪我人が出なかったことを「奇跡の着陸」として大々的に報じたが、放射性物質のことには一切触れなかった。また、今回の事故原因となったバーストは、異物による損傷《FOD》であるとの主張も似通ったものだった。パリ空港当局の管理体制に問題があるとして、滑走路上の異物が原因といわれているコンコルドの事故例を挙げているところまで、なぜか同じだった。

騒ぎは一週間足らずで収まったが、先週の週刊文潮誌が、実際は誤撃墜直前であり、「原因は航空会社内部の者が故意に誘導した可能性」と、柳沢の名前こそ出してはいないが、万が一の時の責任を柳沢にかぶせるためにリークされた、としか思えない記事を載せていた。

成田のNIA格納庫の一角は、二〇六便から外れた部品が山になっていた。表面が焼けただれたものから、もぎ取られたように曲がったパイプ、アルミ板の切れ端などだ。その脇にはパリから送られてきたタイヤやホイールの破片および壊れた部品などが箱に入れられている。すでに事故調査委員会はここにある部品の調査は終えていたが、証拠品であることと、何か新たな展開が起きたときのために保存しているものだ。

回収された五番タイヤおよびホイールの破片から、タイヤの内側ショールダー部分に長さ七〇ミリほどのカットがあり、内側ビード部分にも原因不明の破断があったことがわかった。

竹村が疑問に思ったのは、この七〇ミリほどのカットだ。FODによるバーストは通常一瞬のうちに起きる。爆発に近いと言ってもいいだろう。そこに七〇ミリもの切れ込みがあるのは不自然だった。離陸中に急激なブレーキがかかり、タイヤのショールダー部分とホイールのリムがずれて生じた、と考えると説明がつく。

もう一点は、原因がFODであるとするならば、機体にもそれに見合う損傷がなければならない。時速三〇〇キロ近いスピードで跳ね上げた異物は、タイヤのみならず機体にも損傷を与えると見るのが普通だろう。三沢に置いてある機体にそのような傷は見あたらないと、現場で修理に当たっている堀内から連絡が入っていた。

仕事を終えた竹村は今日も部品の山にかがみ込み、一つ一つを手にとってどこの部品の切れ端かを、ノートに書いてあるものと見比べていた。この作業もこれで四回目になるが、探している部品はまだ見つかっていない。広い滑走路にばらまかれた部品類は、すべてが回収されているわけではない。シャルル・ド・ゴール空港の、滑走路脇の草むらか、三沢沖の海中に眠っているのだろうか。それにしても五番ホイールの空滑り防止装置《アンチスキッド》に関係する部品が、何一つないというのは不自然だった。

格納庫に置かれていた事故機の部品類は、その日のうちにコンテナーに入れられ、封をして保管倉庫の奥にかたづけられた。

■その一週間後■羽田安全推進室

七月一日付の異動が発表され、川口が本社広報部課長に、パリの森川は整備本部企画部次席に昇進することになったが、いくら見てもそこに自分の名前はなかった。柳沢は苦々しい思いで、人事部通達を握りつぶしていた。

同じ日、安全推進室で岡部は定年退職を迎えた。私物の整理はすでに終えていたので、引き出しに入れてあったわずかな書類を整理して紙袋に移したり、関係部署に挨拶をして過ごしていた。朝霧がそのことを聞きつけて、羽田の安全推進室を訪ねてきた。もう一ヶ月以上も前になるが、あのときのシップとの緊張したやりとりから、気むずかしそうな機長を想像していたが、会ってみると穏やかな印象だった。

「CAさんが重傷とのことですが、その後いかがですか？」

佐々野昭子が手足を骨折していて顔にも傷を受けた。意識は回復したが経過は思わしくないのだ。ドアのところでロープを握っていた彼女の顔が、片時も忘れられないと朝霧は表情を曇らせた。

「キャプテン、お疲れじゃないんですか」

「いや、大丈夫です。それであの核物質について何かわかりましたか」

「あまり、たいしたことはわかっていません。何しろ核物質が積まれていたことを、政府は公式には認めていませんから。それでも分析結果を国際原子力機関《IAEA》と国防科学技術機構《DSTO》に送ったと聞いています。まだ返事が来ていないようです。あの核物質は、自己崩壊の進み具合から、旧ソビエトが管理していた一〇〇トンのプルトニウムに関連があるかもしれません。それがソ連崩壊後に盗まれたものではないかと、これは私の推測なんですがね」

「運び屋」に仕立て上げられたタテヤマコウジが、スーツケースを受け取ったという船についての調査結果は、モンテカルロの入港記録に『キエフの星』という船はなく、ウクライナにもそのような船名のクルーザーは登録されていないというものだった。

ただ船が停泊していたとされる場所にいたのは、「ルブ・アル・ハリの月」というサウジアラビア籍の船で、記録ではドバイからその前々日に入港していたことがわかった。

彼にはセシウム137による放射能障害があり、現在プルシアンブルーの投与と利尿剤による体外排出を試みているが、取り込まれた量が多く、回復は難しいと聞いていた。彼は口封じのためにセシウムを飲まされた可能性が高い。普段、被曝検査などしないので、何もなければあのまま病死となったはずなのだ。

運び屋に仕立て上げられたといえば、佐々野昭子にしてもそうだ。本人は法律違反をしていないと思っているかもしれないが、一歩間違えば危険性があった。

「誰が何のために日本に核を持ち込もうとしたんでしょうか。イラク派兵のことで、テロでも始めるつもりだったんですかね」

警察庁をはじめ、関係各機関で調べている最中ではあるが、放射能事故の存在を公式に認めていない現状では、たぶんわからないだろう。同時に乗客およびクルーに対する公式の被曝検査も、この先行われることはないに違いない。

核物質は、需要に応じて麻薬の密輸ルートに乗って世界中を流通している。麻薬の摘発が全体の二〇パーセント以下であることを考えると、核物質もそれと同じと考えてよい。そして今回もそのルートをたどることすら難しいと岡部はつけ加えた。

「日本での受取人もまだつかめていませんし、果たして日本がその目的地であったのかも、定かでないのです。まだ、わからないことだらけです。小さな事件が次の事件へと、どこかで繋がっているのが最近のテロの特徴です。ですから私たちはその繋がりを見つける研究をしなければなりません。ただ核と航空機との組み合わせは、国家的災害を生み出すテロになることがわかりました。日本ものんびりしてはいられません。今回はそのことを突きつけられた思いがします」

「今回は本当にお世話になりました。この先もどうぞお元気に」

「朝霧さんも、健康には充分注意なさってください」

エレベーターホールまで出たとき、朝霧の携帯が鳴った。

「佐々野君が、松葉杖なしで歩けたそうです」

朝霧はほっとした様子で、これから病院へ行ってみるとエレベーターに乗り込んだ。

気になっていたことが、のどまで出かかっていた。彼は放射性物質を扱う時に、どんな装備を身につけたのだろう。手袋とマスクだけでは、粉塵に混じった放射性物質を防ぐことはできない。CAにも手伝ってもらうと言っていた。彼女たちも埃を吸い込んでいないだろうか。

また、あの運び屋の男はヨーロッパから日本までの一二時間もの間、一度もトイレに行かなかったのだろうか。もしトイレを使っていたならば、セシウムでひどく汚染されているはずだ。

機内の空気は循環している。あの機に乗り合わせていた乗客も、多かれ少なかれ何らかの影響を受けないで済んだとは言い切れないだろう。女性の場合、生まれてくる子供に影響が及ばないことを祈るだけだ。

岡部は笑顔で見送りながら、最後までその話題を出せなかったことを、苦い思いでのみこんだ。

内田幹樹（うちだ・もとき）
1965年、全日本空輸株式会社（全日空）入社。操縦教官、ボーイング747-400機長として活躍。97年に『パイロット・イン・コマンド』でサントリーミステリー大賞優秀作品賞受賞。現役機長による本格航空小説として高い評価を受ける。主な作品に『機体消失』『操縦不能』『査察機長』。また歯に衣着せぬエッセイ集『機長からアナウンス』がベストセラーに。

拒絶空港《きょぜつくうこう》

●

*2006*年 *7*月 *3*日　第 *1* 刷

著者……………内田幹樹《うちだもとき》

装幀……………松木美紀

発行者……………成瀬雅人

発行所……………株式会社原書房

〒160-0022 東京都新宿区新宿1-25-13

電話・代表03(3354)0685

http://www.harashobo.co.jp

振替・00150-6-151594

印刷……………新灯印刷株式会社

製本……………東京美術紙工事業協同組合

ISBN4-562-04027-0, Printed in Japan

価格は税込